Crítica de ouvido

Crítica de ouvido

SEBASTIÃO UCHOA LEITE

Cosac & Naify

A Guacira Waldeck

e aos amigos
Adolfo Montejo Navas e Diana Pereira
Carlos Sussekind
Flora Sussekind
Fritz Frosch
Marta Peixoto e James Irby
Sueli Cavendish

IMPONDERÁVEL

Os olhos fechados
não para não ver
mas para somente ver
aquele tenaz pensamento íntimo
que não ousa
por medo de corromper-se
sair de si mesmo,
e quase se esgota
numa breve suspeita
de cotidiano

JOSÉ LAURÊNIO DE MELO

De poesia e de poetas
A poesia e a cidade 13
A meta múltipla de Murilo Mendes 61
O outro Raul Bopp 73
João Cabral e a ironia icônica 79
João Cabral e a tripa 89

De prosa e de crítica
O observador privilegiado 95
Poesia e verdade de Leopardi 103

Imagem e linguagem
O universo visual de Lewis Carroll 115
As relações duvidosas: notas sobre cinema e literatura 143
Ácidos e venenos das festas chilenas 175

Sobre o autor 189

De poesia e de poetas

A poesia e a cidade

Quis o acaso que Charles Baudelaire, cultor de Paris, fosse contemporâneo das grandes reformas na capital do século XIX,[1] empreendidas sob a direção do então prefeito do Sena, barão de Haussmann. No início de uma das partes das *Fleurs du mal* (1857), "Tableaux parisiens", ele evoca o quadro urbano imaginando-se com "As duas mãos no queixo, do alto da minha mansarda":

Les deux mains au menton, du haut de ma mansarde,
Je verrai l'atelier qui chante et qui bavarde;
Les tuyaux, les clochers, ces mâts de la cité,
Et les grands ciels qui font rêver d'éternité.

Assim é a cidade do alto de uma janela de mansarda, mas poderia ser também de um balcão, varanda ou sacada. Essa vi-

---

1 "Paris: a capital do século XIX" faz parte da série de textos dedicados por Walter Benjamin ao tema "Baudelaire e Paris". As complexas relações estabelecidas por este pensador da modernidade não serão aqui expostas. Em resumo, fala-se do "engenho alegórico" do poeta que fez de Paris motivo de poesia lírica. É Paris sob o "olhar do *flâneur* dentro da multidão. E esta é o véu "através do qual a cidade aparece ao *flâneur* como fantasmagoria".

são do alto, visão genérica, que pode ser do "alto" ainda mais simbólico — Torre Eiffel, Empire State ou Corcovado —, é quase uma visão cartográfica, imaginando-se um mapa que, como em um conto de Borges, cobrisse toda a extensão daquilo (cidade, país, ou o mundo), que mapeia e torna abstrata a cidade, ainda que concreta nos seus elementos visuais (topografia da cidade: seus rios, lagoas, edificações etc.) ou sonoros (ruídos de trânsito, sirenes diversas, apitos etc., ou ainda, no caso acima, o ruído das pessoas e coisas diversas ["*l'atelier qui chante et qui bavarde;/ Les tuyaux, les clochers, ces mâts de la cité*", "a oficina que canta e tagarela;/ As torres, os campanários, esses mastros da cidade"]). Mas deixa de ser abstrata quando o poeta desce à rua e então a cidade se transforma na catalografia dos seus habitantes, perfilados pelo poeta. É assim com Baudelaire, que logo vê "uma mendiga ruiva", "as velhinhas", "os cegos", uma "passante" (uma mulher que passa, a "*fugitive beauté*" em meio à "*rue assourdissante*"), e "a noite encantadora, amante do criminoso", "a prostituição que se acende nas ruas" ["como um formigueiro"] e traz consigo a sua coorte de meretrizes e escroques, e também os ladrões. O poeta não vê uma Paris pitoresca apenas, ele vê fantasmagorias que se multiplicam à plena luz do dia:

> *Fourmillante cité, cité pleine de rêves,*
> *Où le spectre en plein jour raccroche le passant!*

Essas fantasmagorias são também as ruínas alegóricas da cidade enquanto monumento a ser contemplado, a fantasmagoria em si: a cidade decadente. Conservador, nem por isso o poeta deixa de ver o novo mundo que surge em meio às ruínas do antigo. Esse mundo a um tempo pitoresco e lúgubre é contemporâneo de uma transformação, que o poeta expressa visceralmente no mais célebre dos quadros parisienses, "Le Cygne". O cisne é a metáfora do exilado, como a imagem mítica de Andrômaca, ou a do poeta deslocado entre as mutações da cidade (igual, na sua enumeração caótica, "à la négresse", aos órfãos, aos marujos esquecidos numa ilha, aos cativos, aos vencidos...). Baudelaire é o poeta de um mundo perdido para sempre, que é a velha Paris. A transformação traz a vida nova, mas também a perda, jamais reparável:

> Paris change! mais rien dans ma mélancolie
> N'a bougé! palais neufs, échafaudages, blocs,
> Vieux faubourgs, tout pour moi devient allégorie,
> Et mes chers souvenirs sont plus lourds que des rocs.

Baudelaire nos lembra que as cidades são "vivas", justamente porque são habitadas. E, por serem vivas, elas mudam. O progresso é a sua nêmesis. A visão pessimista baudelairiana, pós-e-neo-romântica a um tempo, instala, em plena consciência, uma disjunção fundamental na visão moderna da urbe: a sensação de estar em oposição ao *topos* clássico do *locus amoenus* (o lugar aprazível), a descoberta do espaço urbano enquanto *locus adversus* (o lugar adverso).

O sentimento de viver a cidade não foi inventado por Baudelaire, que teve vários precursores. O seu situar-se em meio à *"multitude vile"* é uma nova versão de "O homem da multidão", de Edgar Poe, seu predecessor mais próximo. A visão de Paris como cidade engolfante, que devora o indivíduo, está em vários de seus contemporâneos. Mas seria preciso deslocar-nos no tempo para encontrar outro criador que também demarca uma época. É um antepassado longínquo e ilustre, da segunda metade do século xv.

François Villon é este poeta distante, que "viu" a cidade medieval justamente através de seus habitantes e seus costumes. Para ele, a cidade se vê através de certos personagens emblemáticos da sua vida e de certos espaços que ele privilegia particularmente, como as tavernas, cujos nomes, reais ou inventados que sejam, são simbólicos de um "estilo de época", dos seus aspectos pitorescos e humorísticos. Provavelmente *Le Cheval blanc* e *La Mule* são nomes inventados para zombar de um determinado casal que o humilhara, insinuando impotência da parte do homem, mas é provável também a existência de tavernas como *La Pomme de Pin*, *Le Boeuf couronné*, *La Lanterne* etc., em "Le Lais" (O legado), sempre em torno de referências irônicas e maldosas aos personagens a quem deixa seus "legados" envenenados. Estes nomes de *enseignes* ressurgem com o mesmo espírito em "Le Testament" (O testamento). Villon, na verdade, compõe, com esses letreiros/signos (*enseignes*, tabuletas de estabelecimentos como tabernas, hospedarias etc.) uma alegoria da vida desordenada da Paris, que se reflete também nas instituições. É a cidade ainda medieval, mas partindo para transformar-se numa cidade moderna, a que exercerá sobre Baudelaire, quatro séculos mais tarde, uma influência ambivalente de atração/repulsa. As referências toponímicas (e as antroponímicas) que se mulplicam nos legados villonianos constituem índices metonímicos de um sistema de vida, que ele observa, ironiza e critica. Esse sistema pode ser decifrado pela leitura minuciosa dos signos auditivos e visuais que transbordam da narrativa villoniana. Assim, por exemplo, os sinos da Sorbonne, que marcam as nove horas da noite, podem ser "ouvidos" pelo leitor no próprio sistema de inter-relações fonéticas criadas pelo poeta.

Também falou ele de "moças alegres" e de rufiões (e da "Grosse Margot"), das velhas acocoradas em círculo, dos mendigos amontoados à porta dos hospitais, de um personagem sempre bêbado (*"le bon feu Jean Cotart"*), a quem dedica uma balada, de agentes da guarda municipal ("*sargents de la Garde*") que andavam "por entre as tendas" (de comerciantes), dos "clercs" e agentes em geral da corte de justiça, de frades e monjas, de "graciosas e elegantes" (moças de "vida alegre"), dos "loucos e loucas" (comediantes) que dançavam pela cidade, dos saltimbancos e outros seres que compunham a "selva" medieval parisiense. Paris é retratada indiretamente por essa catalogação e sua fisionomia urbana é composta por referentes icônicos diversos, da cartografia dos letreiros (que percorrem, como marcadores sígnicos, toda a narrativa) às vestimentas peculiares da moda (descritas particularmente em minúcias na "Balada da mercê", onde se fala em jaquetas, cotas de malha justas e botas fulvas dos galantes). Algumas vezes, como na "Ballade des femmes de Paris", a visão da cidade vem através de um signo lingüístico. Paris é identificada pelo bem-falar das suas damas no mote: "*Il n'est bon bec que de Paris*". Simples peixeiras do Petit Pont, diz ele, fazem calar as mais dotadas estrangeiras. (E seria preciso destacar, aliás, nos dois poetas aqui referidos, a preferência pelos níveis considerados inferiores dos estratos sociais.) Veja-se, por exemplo, uma estrofe bem específica desse ângulo peculiar da linguagem, a fala coloquial das mulheres de Paris, independentemente dos estratos a que pertencem:

Brettes, Suysses n´y sçavent guieres,
Gasconnes, n'aussi Toulousaines:
De Petit Pont, deux harengieres,
Les concluront, et les Lorraines,
Engloises et Calaisiennes,
(Ay je beaucoup de lieux compris?)
Picardes de Valenciennes;
Il n´est bon bec que de Paris.

(As Suíças não têm maneiras,
Nem as Gascãs ou Tolosanas;
No Petit Pont duas peixeiras
Lhes calam o bico, e às Lorenas,
Inglesas e Calesianas
[Eu já citei tudo o que eu quis?],
Picardas de Valenciennes;
A língua fina é de Paris.)²

A Paris de Villon é expressamente localizada em espaços definidos, não só no sentido toponímico como no dos atuantes dentro desse espaço, e é nesse sentido que sua visão se aproximará da visão baudelairiana, ainda que a sua Paris e a de Baudelaire expressem realidades históricas bem diversas. Se uma, pela distância no tempo (século XV), parece cristalizada, a outra (século XIX) parece mover-se e dirigir-se ao século seguinte, mais radical em sua ânsia de transformação. Não obstante, esses modelos dialogam entre si, pela concordância trans-histórica de interligação entre o espaço e os agentes sejam de manutenção sejam de transformação de um *status quo*, situação cristalizada ou apropriação de um tempo histórico determinado, que se traduz ora na acidez crítica do *locus adversus* (lingüisticamente iconicizada por Villon em textos como a "Balada das línguas invejosas" ou na violenta estrofe sobre os mendigos nas portas dos hospitais), ora em reflexividade relativizadora dos males da cidade, como no nostálgico-irônico "Le Cygne". No caso de Villon, ainda que aqui se utilize o recurso da anacronia, julgando-se um poeta medieval à luz do nosso tempo, a visão é mais realista e não-idealizadora (e

---

2   *Poesia/ François Villon*. Tradução de Sebastião Uchoa Leite (São Paulo: Edusp, 2000).

crítica, portanto) do que a ainda infectada visão pós-romântica, perdida entre as ruínas alegóricas.

Entre Villon e Baudelaire seria possível situar muitas intermediações ou conseqüências. Em língua francesa há um exemplo, um pouco posterior a Baudelaire, de grande repercussão na época. Em 1895 surgiu o livro *Les Villes tentaculaires*, acompanhado de outro que tem uma datação anterior, *Les Campagnes hallucinées* (1893), que o prenuncia no final:

> *Tandis qu'au loin, là-bas,*
> *Sous les cieux lourds, fuligineux et gras,*
> *Avec son front comme un Thabor,*
> *Avec ses suçoirs noirs et ses rouges haleines*
> *Hallucinant et attirant les gens des plaines,*
> *C'est la ville que la nuit formidable éclaire,*
> *La ville en plâtre, en stuc, en bois, en fer, en or,*
> *– Tentaculaire.*

("Le départ")

Émile Verhaeren conheceu, em vida, uma ressonância pouco vista antes e jamais sonhada por Baudelaire. *Les Villes tentaculaires* foi, talvez, seu melhor momento e de maior repercussão, entre as dezenas de coletâneas poéticas que publicou. Um descritivismo minucioso ainda pode ser visto em "L'Âme de la ville", mas já nesse momento inaugural, outra nota se destaca, a do elemento humano entre os tentáculos da cidade:

> *Le rêve ancien est mort et le nouveau se forge.*
> *Il est fumant dans la pensée et le sueur*
> *Des bras fiers de travail, des fronts fiers de lueurs,*
> *Et la ville l'entend monter du fond des gorges*

> De ceux qui le portent en eux
> Et le veulent crier et sangloter aux cieux.

Uma nota que soaria destoante no universo de Baudelaire, que zombava das tiradas humanitárias de Victor Hugo. E de Verhaeren foi dito, por um crítico malicioso da época, ser "um Victor Hugo burguês". Seja lá como for, Verhaeren, idealista ou não, também se inclinava mais para ver os habitantes da urbe e chegou, surpreendentemente para a poética da época, a falar de banqueiros e até da bolsa de valores, ao lado de falar de usinas e fábricas. Embora ficasse longe, muito longe, das audácias sintáticas do brasileiro Sousândrade no seu "O inferno de Wall Street". A sintaxe verhaeriana foi sempre tradicionalista (numa época em que já existiam as obras de Corbière, Rimbaud, Laforgue e Mallarmé!) e infelizmente se tornou mais e mais neoclassicizante. O tom grandiloqüente também o afastou dos leitores modernos e o antes universalmente célebre autor tornou-se esquecido. Mas uma coisa Verhaeren acrescentou à visão dos antecessores: enquanto Villon e Baudelaire pensavam só em Paris, ele pensou na metrópole em si, e, por isso, ainda é citado como um predecessor da visão moderna da cidade.

A idéia de progresso como força inflexível, que tanto atemorizou Baudelaire, e que chegará ao cume do pensamento "apocalíptico" em *The Waste Land* (1922), de T.S. Eliot, também perturbou muitos outros escritores do século xix, como é o caso de Fiódor Dostoiévski, que descreveu em *Notas de inverno sobre impressões de verão* as suas sensações negativas, em 1862, diante de uma réplica do Palácio de Cristal da Grande Exposição de 1851, em Londres. Dostoiévski também se referia à multidão avassaladora que invade a exposição como a expressão do triunfo e da tirania do "pensamento único", o do progresso industrial vitorioso que representava "o orgulho titânico do espírito reinante".³ O espírito do progresso, e isso Dostoiévski não explicitaria, era também o símbolo do poder do Império Britânico, onde, dizia-se, "o sol nunca se punha". Contra "o espírito do progresso" cerraram fileira os grandes autores ditos "reacionários" do século XIX, como Poe, Baudelaire, Dostoiévski (e outros) e do século XX, como T.S. Eliot e outros. Mas, do mesmo modo que as coisas não são tão lineares e a repulsa convive tantas vezes com o fascínio, o cume do progresso e o auge da representação trouxeram consigo os germes da dissolução do processo da arte clássico-romântica. O pensamento artístico sofrerá essas rupturas.

O século XX é o século em que se radicaliza a crise de representação, já vislumbrada por William Turner na primeira metade do século XIX. Na obra progressiva desse artista, já está antecipada a dissolução das formas e dos signos clássicos da representação pictórica. Turner, com seu processo de dissolver as representações pictóricas clássicas numa luz difusa, que vai transformando as representações em imagens cada vez mais abstratas, prevê o impressionismo de fins do século XIX e mesmo o abstracionismo dito "informal", ou, ainda, o "expressionismo abstrato" de alguns artistas americanos. Paralelamente, a Revolução Industrial e as novas invenções (como a invenção básica da fotografia) irão transformar indiretamente a fisionomia das cidades, e isso já se prevê na "*cité fourmillante*" de Baudelaire, em que o tumulto se sobrepõe à individualidade. O contraste entre indivíduo e multidão, que Baudelaire chamou, aristocrática e desdenhosamente, de "*multitude vile*" — embora ao mesmo tempo destacasse, no meio dessa multidão anônima, os "olhos dos pobres" diante das vitrines (e foi essa contradição

---

3 Fiódor Dostoiévski, *O crocodilo* e *Notas de inverno sobre impressões de verão*. Tradução de Boris Schnaiderman (São Paulo: Editora 34, 2000), p. 114

contínua o substrato principal da sua complexidade) — é a marca dominante da modernidade no século XIX, que está no conto de Poe "O homem da multidão", tantas vezes aludido em citações e particularmente referido na excelente visão panorâmica do tema "cidade" de Renato Cordeiro Gomes.[4] Um pouco antes de chegarmos ao século XX, a cidade está muito representada não só na poesia como na arte dos finais do século. Lembremo-nos dos impressionistas e pós-impressionistas, e de como a presença de ícones da paisagem urbana (estradas de ferro, parques públicos, igrejas, restaurantes ao ar livre, cafés-concerto, cartazes de propaganda) e de figurantes em cenas urbanas cotidianas (dançarinas de cabarés, ciclistas, participantes de passeios e piqueniques, artistas de circo) se multiplica em quadros de Auguste Renoir, Claude Monet, Edgar Degas, Toulouse-Lautrec, Georges Seurat, tudo, enfim, que compõe o quadro formigante que prenuncia o século XX, ao qual se acrescentarão as imagens tensas do expressionismo germânico.

É esta cidade formigueira ou pululante que se projeta sobre o futuro das cidades no mundo, que de cidades se transformam em metrópoles, e de metrópoles em megalópoles. Os futuristas irão exaltar este aspecto "progressista" das cidades enquanto realidade que se projeta do presente para o futuro, e irão rejeitar o oposto, as cidades-museus, que se recolhem ao casulo do passado. São pulsões antagônicas. Em 1910, Filippo Tommaso Marinetti e os futuristas lançaram o manifesto "Contra a Veneza passadista",[5] no qual se ataca com virulência o culto a esta cidade dita museológica. Diz-se ali:

---

4   Cordeiro Gomes, *Todas as cidades, a cidade: literatura e experiência urbana* (Rio de Janeiro: Rocco, 1994).

5   Marjorie Perloff, "Violência e precisão: o Manifesto como forma de arte", in *O momento futurista*. Tradução de Sebastião Uchoa Leite (São Paulo: Edusp, 1993), pp. 305-06.

(...) Queremos curar e remediar esta cidade em putrefação, úlcera magnífica do passado. Queremos saudar e enobrecer o povo veneziano, caído da sua antiga grandeza, entorpecido por meio covarde e desprezível através da prática do seu mesquinho comércio míope.
Queremos preparar o nascimento de uma Veneza industrial e militar que possa dominar o mar Adriático, esse grande lago italiano. Deixem-nos ter pressa em encher os seus canais fétidos com os cacos dos seus palácios leprosos e farelentos.

Não é possível maior virulência contra o passado em si, a violência caracterizadamente bélica do Marinetti simpatizante fascista, imaginando uma Veneza "industrial e militar". É o antipreservacionismo em seu mais alto grau, que, felizmente, não vingou nem destruiu Veneza, pelo menos não totalmente. A pulsão aqui é puramente destrutiva. Uma lição inteiramente contrária está num texto de prosa (mas de caráter bastante poético) de Ezra Pound sobre Nova York.[6] Ei-lo, no início:

Contudo, a América é o único lugar onde a arquitetura contemporânea pode ser considerada de grande interesse.
Aquela arte pelo menos está viva.
E New York é a mais bela cidade do mundo?
Não está longe disso. Não há noites urbanas como as de lá.
Tenho observado de cima de altas janelas da cidade. É então que os prédios perdem realidade e revestem-se de seus poderes mágicos. Eles são imateriais; significa que nada se vê exceto janelas iluminadas. Blocos após blocos de fulgor, assentados e recortados dentro do étcr. Eis a nossa poesia, pois puxamos as estrelas para baixo ao nosso grado.

---

6   Id. ibid., "Ezra Pound e a tradição da prosa em verso", p. 187.

E no seu irônico final:

(...) Penso na beleza, e ao lado disso Veneza parece uma cena arrebicada numa casa de espetáculos. New York é lá fora. E quanto a Veneza: quando o sr. Marinetti e seus amigos tiverem conseguido destruir aquela antiga cidade, nós reconstruiremos Veneza nos pântanos lodosos de Jersey e usaremos o mesmo lodo para uma casa de chá.

A lição poundiana, fiel ao seu lema "*make it new*", é a de que não é preciso destruir sempre o passado para construir o novo (embora às vezes o seja, ou assim se pretenda, como no caso da Paris pré-Haussmann), mas incorporá-lo ao presente. Veneza nos pântanos de Jersey é, naturalmente, uma *private joke* irônica, mas emblemática de uma posição filosófica de recuperação do antigo noutro contexto. O que certamente não impede de se contemplar os efeitos de uma destruição. Afinal, a Paris de Haussmann, hoje tão louvada quanto a no seu tempo execrada Torre Eiffel, ergueu-se sobre os escombros da velha Paris. Idem, New York. E São Paulo e Rio de Janeiro, que sofreram mutações tão radicais que não é possível ver nas cidades atuais, a não ser como resíduos mítico-simbólicos, o que elas foram no começo do século xx. Em alguns casos, houve operações drásticas, como a extirpação de "tumores", como, por exemplo, o Morro do Castelo no Rio de Janeiro, nos anos 30, cujo arrasamento, para o bem ou para o mal — pois provocou acaloradas discussões sobre sua necessidade urbana —, mudou por completo a fisionomia do centro da cidade.

Antes de aí chegarmos, passeemos pela Londres soturna de T.S. Eliot, contrária à New York fulgurante de Pound. Na verdade, a visão fantasmagórica de Londres liga-se antes às fantasmagorias parisienses de Baudelaire. O desfile soturno da multidão de mortos na Ponte de Londres, a "Unreal City", compara-se à visão do "*sinistre vieillard*" que se multiplicava em sete.

> *Unreal City,*
> *Under the brown fog of a winter dawn,*
> *A crowd flowed over London Bridge, so many,*
> *I had not thought death had undone so many.*
> *Sighs, short and infrequent, were exhaled,*
> *And each man fixed his eyes before his feet.*
> *Flowed up the hill and down King William Street,*
> *To where Saint Mary Woolnoth kept the hours*
> *With a dead sound on the final stroke of nine.*
> *There I saw one I knew, and stopped him, crying: "Stetson!*
> *You who were with me in the ships at Mylae!*
> *That corpse you planted last year in your garden,*
> *Has it begun to sprout? Will it bloom this year?*
> *Or has the sudden frost disturbed its bed?*
> *Oh keep the Dog far hence, that´s friend to men,*
> *Or with nails he'll dig it up again!*
> *You! hypocrite lecteur! — mon semblable! –mon frère!*

("The burial of the dead", in *The Waste Land*)

Esta é a Londres da fantasmagoria, que pertence a uma visão mítica da realidade, tal como a Paris que representou o pós-romântico Baudelaire (não por acaso citado por Eliot no final do trecho acima), mas já com um pé avançado na modernidade. Uma visão que encarava a ruína da cidade, ou seu passado, como uma alegoria do paraíso, mas um paraíso subjetivo, o paraíso do *ubi sunt*.

Mas a Londres "real" de Eliot, que se reflete nas conversas entrecortadas em um pub, na "violet hour" em que "máquina humana espera como um táxi a trepidar" a hora de sair ou, ainda, na lassa entrega de uma datilógrafa a um escriturário sem importância, e também no bandolim que se ouve num bar da Lower Thames Street junto com o falatório que vem de dentro, não é mítica, mas antimítica: é a Londres coloquial urbana do Eliot laforguiano dos inícios. O anti-*locus amoenus*, digamos, o *locus adversus* ou o *locus terribilis* eliotiano, é o mesmo que está presente, ao lado da exaltação futurista das metrópoles e da modernidade, em vários poetas europeus das primeiras décadas. Por exemplo, no expressionista alemão Ernst Stadler, com a sua visão lúgubre do "Bairro judeu em Londres" (Judenviertel in London), onde reinava a pobreza e a desordem. Se a cidade são os seus moradores, a sua visão varia com a dos seus habitantes. Eis o poema em tradução (quase) literal:

> Junto ao brilho das praças, revolvem-se, entredevoradas,
> Ruas angulosas, um caos, encarniçadas como
> (na carne nua das casas)cicatrizes rasgadas,
> E cheias de despojos, que inundam as sarjetas.

> Transportam-se para a rua lojas abarrotadas,
> Onde se empilham trastes em mesas compridas:
> Chitas, roupa, fruta, carne, em série repulsiva,
> Acumulam-se, à luz de nafta, amarelada.

> Colam-se às paredes cheiros apodrecidos de peixe
> E carne. Vapor doce no ar. Silente, a noite pára.
> Com as mãos ávidas uma velha revolve o lixo,
> Um esmoléu berra um canto, e ninguém repara.

> Gente em volta às carroças e sentada à porta.
> Gritam em jogos pobres crianças em farrapos

Um gramofone coaxa, as mulheres rangem gritos.
Longe, ecoa a cidade, ao estrondo dos carros.

Para ter algo mais cortante do que este quadro (menos dentro da cidade do que a ela contíguo e referenciado), em termos de *locus terribilis*, só mesmo evocando o poema de Gottfried Benn "Homem e mulher atravessam o pavilhão de câncer" ("*Mann und Frau gehn durch die Krebsbaracke*"), sendo Benn o autor de um dos livros mais contundentes quanto ao enfoque da condição humana enquanto objeto-cadáver a ser dissecado]: *Morgue*, ainda de 1912. Na mesma época, aparecia o *Eu*, de Augusto dos Anjos, entre nós, mas a obra de Benn era muito mais avançada, *et pour cause*, estando o poeta alemão no coração cultural da Europa, em pleno expressionismo. Entre os expressionistas, o ambiente urbano aparece sempre com aspectos de realidade cinza, como acontece nos poemas de Paul Zech, "Rua industrial, de dia" ("*Fabrikstrassetags*") e "Café" ("*Café*"), o primeiro traduzindo a atmosfera de uma vida emparedada (entre os muros da rua industrial) "entre muros que apenas a si contemplam" ("*zwischen Mauern, die nur sich besehn*") e o segundo evocando um lugar, que mesmo sendo, em princípio, um espaço reservado ao prazer, nele se revela que "Aqui também tudo é apenas mentira e ilusão" ("*Auch hier ist alles nur Betrug und Schein*"). A poesia é também, embora não seja só isso, o contexto em que se situa o poeta, e daí que a tendência expressionista carregue uma atmosfera pesada de época, que se reflete em alguns dos seus maiores nomes, como o austríaco Georg Trakl ou o alemão Gottfried Benn, embora este tenha ultrapassado essa época e expressado outras coisas depois, além da luz crua e fria do ambiente-cadáver dos poemas de *Morgue*. Compreende-se, assim, que um poeta morto ainda jovem, o acima citado Ernst Stadler, tenha visto as coisas que se mostravam, no empobrecido bairro judaico de Londres, acumuladas "à luz de nafta, amarelada". Uma luz de pouca definição, que se encontra também nos quadros expressionistas austro-germânicos de Oskar Kokoschka, Max Beckmann, Otto Dix, George Grosz e outros. A citação, aqui, desses contextos sombrios ou caricaturais serve para ilustrar a idéia de que a visão da paisagem urbana ou de seus personagens pela poesia ou pela arte não é, de modo algum, ideologicamente restrita ao epifânico de poetas que "cantam" a cidade e em particular a metrópole. As visões se contrapõem sem cessar (como a do expressionismo dos começos do século XX contrapôs-se à do impressionismo do fim-de-século XIX) e pode-se mesmo dizer que, além da coordenação no plano diacrônico, isto é, além da historicidade, elas se justapõem no plano sincrônico da imaginação poética, de modo que se pôde construir uma ponte imaginária entre poetas ou artistas que habitaram contextos históricos tão diferentes quanto Villon e Baudelaire, por exemplo, ou entre ambientes tão diversos quanto a Paris haussmanniana e a Londres eliotiana.

Tudo, portanto, não deriva só de um contexto, pois com freqüência se observa em contemporâneos e conterrâneos, que têm atrás de si um mesmo *background* cultural, expressões até antepostas da relação indivíduo *versus* cidade. O fator de individuação é uma variável presente. Observe-se, por exemplo, este fenômeno em dois poetas argentinos contemporâneos, com respostas muito diversificadas em relação ao tema da urbe: Oliverio Girondo e Jorge Luis Borges. Girondo é eminentemente urbano, mas tendeu, na fase inicial da sua poesia, antes à expansão do que à concentração. Foi, assim, nessa fase, distributivo, e sua sensibilidade se expandiu por diversas cidades do mundo. Vê "(...) *casas como dados,/ un pedazo de mar,/ con un olor a sexo que desmaya*" e "*Tabernas que cantan con una voz de orangután*", numa cidadezinha litorânea francesa

("Paisaje bretón") ou uma *"camarera [que trae] en una bandeja lunar, sus senos semi-desnudos"* ("Café-concierto"). Suas visões de cafés e tabernas não têm nenhuma marca "realista", mas trazem muitos elementos concretos, como *"una familia gris"*, *"los quioscos"* (bancas de jornais, revistas etc.), *"faroles"*, *"transeuntes"*, *"botellas decapitadas de champagne con corbatas blancas de payaso"*, *"hembras con las ancas nerviosas"*, *"dandys que usan un lacrimatorio en el bolsillo"*, *"ventanas con aliento y labios de mujer"*. Nos coloridos *Veinte poemas para ser leídos en el tranvía* (1922), o poeta passeia nesse bonde mágico por várias paisagens: Douarnez, Brest, Mar del Plata, Rio, Buenos Aires (várias vezes), Veneza, Sevilha, Biarritz, Paris, Verona. Na capa das *Calcomanias* (1925) vemo-lo sentado no banco de um trem, observando a paisagem. Aqui, continua o seu trânsito, desta vez concentrado na Espanha. A visão é também menos difusa e "pitoresca" (de pictórico) e ele procura mais o sentido interno, o cerne dos lugares por onde passa. Há no poeta, sem dúvida, uma trilha de aprofundamento no núcleo urbano, a busca, no tema da cidade, de uma medula (mais adequado em espanhol, no proparoxítono *médula*). Nessa segunda etapa de sua viagem pelo tema, já se prenuncia o giro do parafuso para outra viagem, a da linguagem, que se inicia na concentração da *Persuasión de los dias* (1942) e se extrema no labirinto lingüístico de *En la masmédula* (1956), sua obra-chave final. Mas, se ficarmos na primeira fase, até *Calcomanias*, a relação visível com o tema é a da profusão, a visão do externo, de sinais concretos e marcados, embora permeados pela arbitrariedade do viés irrealista e fragmentário, seguindo lições de poéticas de vanguarda do seu tempo. Girondo é o poeta que vai da imagem concreta à linguagem concreta, no sentido de puro signo poético.

A visão de Jorge Luis Borges, como poeta, lhe é, nesse sentido, anteposta. Para Borges — tão cosmopolita, afinal, quanto

Girondo —, as cidades se resumem numa cidade, Buenos Aires, que procura "reconstruir" metaforicamente. Mas esta Buenos Aires não aparece em traços descritivos, isto é, em termos nitidamente espaciais, porque é uma Buenos Aires mais do tempo e da memória do que das formas visuais. As referências urbanas em Borges constam dos seus três primeiros livros: *Fervor de Buenos Aires* (1923), *Luna de enfrente* (1925) e *Cuaderno San Martín* (1929). Apesar do título, o primeiro livro do jovem Borges mal sugere o tema da urbe, embora abra com o poema "Recoleta" (um bairro da cidade). Na verdade, é uma evocação atmosférica. Ao jovem Borges não interessava tanto a vida da cidade e os seus habitantes, mas a atmosfera (*"retórica de sombra y de marmol"* e *"sombra benigna de los árboles"*). O jovem, igual ou quase ao futuro idoso poeta dos anos 70, já pensa no tempo e na morte, nas espadas, nos instrumentos mágicos e no *"simulacro de los espejos"*, e conclui: "Estas cosas pensé en la Recoleta,/ en el lugar de mi ceniza". Adiante, a primeira palavra em "Calle desconocida" é "penumbra". As ruas são importantes porque nelas andarilha o poeta, mas nela vê o mínimo: árvores, lâmpadas, bancos de praça. E vê um pátio tranqüilo como um oásis na cidade grande.

No poema "Amanecer" vem esta observação elucidativa: *"Si están ajenas de sustancia las cosas/ y si esta numerosa Buenos Aires/ no és más que un sueño (...)"*. É quase a confissão de um método, confirmado em *Luna de enfrente*. Obra em que as referências urbanas são mais freqüentes e nítidas, nela as metáforas refulgem: *"La calle es una herida abierta en el cielo"*, *"A mi ciudad de patios côncavos como cántaros"*, *"a mi ciudad de esquinas con aureola de ocaso"* etc. E funda-se uma "mitologia" da cidade, que emergirá no primeiro e célebre poema do *Cuaderno San Martín*, "Fundación mítica de Buenos Aires". Na verdade, o livro trata mais dos heróis dessa mitologia do que dos aspectos reais da urbe. O poeta não deixou de ter observado, ao longo dos três livros, espaços concretos como as ruas e pátios, e outros índices. Apenas, ele os vê na memória.

Como, por exemplo, vê os portões, ou "o portão", o índice metonímico por excelência da realidade "casa", que conota a concentração urbana:

Elegía de los portones

> Barrio Villa Alvear: entre las calles Nicaragua,
> Arroyo Maldonado,Canning y Rivera.
> Muchos terrenos baldíos existen aún
> y su importancia es reducida.
> Manuel Bilbao, *Buenos Aires*, 1902.

Ésta es una elegía
de los rectos portones que alargaban su sombra
en la plaza de tierra.
Ésta es una elegía
que se acuerda de un largo resplandor agachado
que los atardeceres daban a los baldíos.
(En los pasajes mismos había cielo bastante
para toda una dicha
y las tapias tenían el color de las tardes.)
Ésta es una elegía
de un Palermo trazado con vaivén de recuerdo
y que se va en la muerte chica de los olvidos.
(...)

Palermo del princípio, vos tenías
unas cuanta milongas para hacerte valiente
y una baraja criolla para tapar la vida

y unas albas eternas para saber la muerte.
(...)
Desde mi calle de altos (es cosa de una legua)
voy a buscar recuerdos a tus calles nocheras.
Mi silbido de pobre penetrará en los sueños
de los hombres que duermen.

Esa higuera que asoma sobre una parecita
se lleva bien con mi alma
y es más grato el rosado firme de tus esquinas
que el de las nubes blandas.

Como se vê nos fragmentos acima, a partir de um único elemento dispara-se uma visão muito mais abrangente do que a simples realidade-objeto, a cidade. É uma cidade sim, é a Buenos Aires de Palermo antigo, o mesmo bairro referido em "Fundación mítica de Buenos Aires". E mais do que essa fundação mítica da cidade, que não existe mais e que não é sequer a das transformações, a das ruínas da Paris baudelairiana, é a cidade do que ainda não existe, a dos terrenos "*baldíos*". O poeta fala de uma felicidade extinta, de um "*resplandor agachado*", de entardeceres, de sonhos, de "*auroras eternas*", e de realidades tão subjetivas quanto as "recordações" e a "alma". Não é difícil concluir-se que a cidade de Borges não é só, mas é sobretudo, *cosa mentale*, uma re-construção e re-criação, e é um ente que se move fantasmagoricamente numa floresta de metáforas, uma cidade complexa, imaterial, que nada tem a ver com a urbe da modernidade, onde as transparências se superpõem às sombras.

Uma terceira voz da América hispânica que se destaca é a de Cesar Vallejo, também um viajante como Girondo, mas um viajante cujos marcos de referência externos ricocheteiam nas suas sensações internas, plenas de complexidade. Entre o eu do poeta e os pontos externos da cidade, que por acaso é uma metrópole como Paris, se estabelece um enredo indeterminado, uma teia de relações intensa. São lugares de referência totalmente *au hasard*, como o boulevard Haussmann, o Sacré-Coeur, as Tuileries (Tullerías, em espanhol), uma sala do Louvre, a Comédie Française, os Champs-Elisées etc.

De Paris, o poeta-personagem diz à mãe: "*Hay, madre, un sitio en el mundo que se llama París*" ou, ainda, "*Me moriré en París con aguacero*". Em Paris, ele vê "*En su estatua, de espada/ Voltaire cruza su capa y mira el zócalo,/ pero el sol me penetra y espanta de mis dientes incisivos/ un número crecido de cuerpos inorgánicos*". A evocação da pedra de um monumento público (que é inserido na esfera do domínio privado) o conduz à recordação do seu "ciclo microbiano". Em Vallejo, é permanente a inter-relação entre o universo objetivo das coisas em si (lugares e objetos) e o universo das sensações internas. Vallejo não recorda, ele está diante. Não com olhos turísticos de quem vê e passa. Não vê, apenas, vê e vive. Vive e sofre.

Calor, cansado voy con mi oro, a donde
acaba mi enemigo de quererme.
C'est Septembre attiédi, por ti, Febrero!
Es como si me hubieran puesto aretes.

París, y 4, y 5, y la ansiedad
colgada, en el calor de mi hecho muerto.
C´est Paris, reine du monde!
Es como si se hubieran orinado.

Hojas amargas de mensual tamaño
y hojas del Luxemburgo polvorosas.

C'est l'été, por ti, invierno de alta pleura!
Es como si se hubieran dado vuelta.

    Calor, París, outoño, cuanto estío
en medio del calor y de la urbe!
C'est la vie, mort de la Mort!
Es como si contaran mis pisadas.

    Es como si me hubieran puesto aretes!
Es como si se hubieran orinado!
Es como si te hubieras dado vuelta!
Es como si contaran mis pisadas.

4 set. 1937.

De Baudelaire vieram duas trilhas, a sinuosa e nostálgica que deu no Eliot deprimente de *The Waste Land* e ainda teve muitos caudatários, entre os quais ainda se pode incluir Borges, e a trilha da descoberta do visual. Desta veio a descoberta da modernidade citadina, derivada das grandes reformas urbanas, que inspiraram muitas imagens da poesia moderna. Mas não se deve seguir esta trilha linearmente, no sentido só de evolução da rememoração nostálgica, de um lado, e da observação do mundo novo, de outro. Na verdade, as visões poéticas da cidade são diversas e se bifurcam nessas duas trilhas, indo também na direção do passado. Assim, de certa forma se pode também opor a visão nostálgica do passado (em confronto com o presente em transformação) à outra visão que é a da pura observação do presente, que esteve sempre tão entranhada na poesia de Villon, e na sua observação aguda e crítica da vida da cidade em seu tempo. Até certo ponto, trilhas antagônicas podem supor uma intermediação, uma terceira posição, como é o caso do par contraposto Borges e Girondo: a visão de pura subjetividade, de certo modo nostálgica e conservadora do primeiro pólo, à qual se antepõe a visão objetivista, voltada decidamente para os objetos da cidade, projetada para o futuro. Entre Borges e Girondo, Vallejo ocuparia a terceira posição, de mediação entre o eu e a cidade. Pode-se inferir que a tendência conservadora, em geral de índole aristocrática e subjetiva, pode tender para o nostálgico e o mítico, e este seria o caso de Baudelaire, de Eliot e de Borges, enquanto a tendência para ver epifanicamente a realidade moderna em volta tenderia para o exaltador e o utópico, e este seria o caso de Villon, de Pound e de Girondo. Mas não se deve supor nem uma cegueira pessimista e apenas nostálgica em "conservadores" tão críticos e inteligentes como Baudelaire, Eliot e Borges, nem uma visão imediatista e ingênua em críticos ácidos como Villon ou Pound. O primeiro Girondo pôde ainda se confundir com os "cantores" de cidades do começo do século XX, mas logo se transformou, indo do descritivismo pictórico à metamorfose da linguagem enquanto paródia.

Foi primo poético de Villon, distante dele no tempo em dois séculos, o barroco Gregório de Matos no Brasil. Sua poesia está também eivada de observações críticas agudas de lugares e coisas. Poderia assinar, por exemplo, a "Balada das línguas invejosas" de Villon (do qual jamais ouviu falar), escrita dois séculos antes, mas seu ácido crítico veio pela influência de Francisco de Quevedo. Seu poder de observação objetiva da vida na colônia era, porém, um dado particular, pessoal. Graças a este acervo (dele e/ou da época dele, à parte a questão das atribuições) se pode ter hoje uma reconstrução dos costumes de época. Em alguns casos, é quase uma gravura, como no soneto em que "Descreve a Procissão da Quarta-feira de Cinzas em Pernambuco":

Um negro magro em sufulié justo,
Dous azorragues de um joá pendentes,
Barbado o Peres, mais dois penitentes,
Seis crianças com asas sem mais custo.

De vermelho o mulato mais robusto,
Três fradinhos meninos inocentes,
Dez ou doze brichotes mui agentes,
Vinte ou trinta canelas de ombro onusto.

Sem débita reverência seis andores,
Um pendão de algodão tinto em tijuco,
Em fileira dez pares de menores.

Atrás um cego, um negro, um mamaluco,
Três lotes de rapazes gritadores:
É a procissão de cinza em Pernambuco.

Tem-se, neste soneto, um quadro perfeito, audiovisual, dos costumes provincianos da colônia de Pernambuco. Pode-se ver o negro magro "em sufulié justo", os penitentes, as crianças vestidas de anjos, o mulato vestido de vermelho, os meninos vestidos de fradinhos etc., e podem-se, mesmo, "ouvir" os "rapazes gritadores". Os ícones visuais e auditivos de uma típica procissão de cinzas da época colonial transmitem a "visão" crítica do poeta daquela realidade pobre de província. Sem palavras explícitas, sente-se a nota hesitante entre o desdém e o compadecimento, diante do ambiente estreito onde se encontra desterrado. Comparativamente com Villon, Gregório ocupa uma posição similar de crítico objetivo da situação social da sua época, à parte os preconceitos dos dois poetas e o culto de ambos à acidez e à rivalidade. Mas, observe-se, não há neles nostalgia, porque são realistas críticos, tendo uma tradição nesse sentido atrás de si: a de Jean de Meung, no caso de Villon, e a de Quevedo, no caso de Gregório. Se não são nostálgicos (note-se que o *ubi sunt* villoniano da famosa "Ballade des dames du temps jadis" vai terminar no passado próximo, bem presente da sua contemporaneidade nos dois poemas que completam o tríptico, a "Ballade des seigneurs du temps jadis" e a "Ballade du viel langage françoys"), também não são utópicos, mas estão ligados ao presente. Mas são, ambos, epifânicos. Eles surpreendem os instantes iluminadores da realidade presente. São epifânicos como o serão, além de utópicos, Ezra Pound, Vladímir Maiakóvski, Bertolt Brecht, Carlos Drummond de Andrade (o primeiro Drummond, sobretudo) e o Haroldo de Campos das *Galáxias* ou de *A educação dos cinco sentidos*, para citar apenas alguns.

Pulem-se agora alguns séculos, e realize-se um deslocamento não só no tempo, mas também no espaço. As reformas parisienses de Haussmann inspiraram outras reformas ou variantes de modernidade no mundo inteiro. Por exemplo, a do Rio de Janeiro do começo do século xx, que se fez o emblema das metamorfoses urbanas no país. Estamos em pleno século xx. O Rio do fim de século, o dos romances de Machado de Assis e o do tumultuado baile da Ilha Fiscal, foi uma cidade tão caótica quanto a Paris da primeira metade do século xix. O Rio da segunda metade da primeira década é já outra cidade. E a transformação passou pelo *pendant* carioca de Haussmann, o prefeito Pereira Passos. A reforma parisiense teve motivações políticas: o alargamento de espaços visava a impedir outro 1848 (o movimento popular que atemorizou a burguesia instalada no poder), impedindo a formação de barricadas, conforme a interpretação de Walter Benjamin.[7] A reforma carioca, no fun-

---

7   Em "Paris: a capital do século xx".

do também política, teve declaradas motivações higiênicas. A ação demolidora de Pereira Passos, destruindo os "pardieiros" do Centro, teve seu "correlato objetivo" na ação saneadora de Osvaldo Cruz, com a instituição da vacina obrigatória contra a febre amarela. Dessa reforma saiu a surpresa de um *boulevard* haussmaniano como signo central da urbe carioca: a logo célebre Avenida Central, projeto de Paulo de Frontin. E ela encontrará logo o seu primeiro poeta: Marcelo Gama e seu fervilhante poema "Mulheres". Não se espere uma "descrição" física da avenida, que nem sequer é nomeada, mas transpira do poema desde o início, através de uma "atmosfera" de requintes:

> Pela simples razão de ser viril e poeta
> (...)
> olho as mulheres todas
> com o mais impertinente interesse de esteta.
>
> Por isso, às três da tarde e às vezes antes,
> desconhecido entre desconhecidos,
> levo para a Avenida uns ares importantes
> e afinado o quinteto dos sentidos.
>
> E fico a deambular a tarde inteira
> entre snobs e Apolos de pulseira (...)[8]

O que interessa, aos olhos do *voyeur*, ao seu "impertinente interesse", são as "passantes" que desfilam na avenida, na hora do *footing*, e alguns tipos como os "snobs e Apolos de pulseira", ou os "aturdidos moscardos", o "grupinho incolor de casquilhos

---

8   Marcelo Gama, in *Via sacra e outros poemas* (Rio de Janeiro: Sociedade Felipe d'Oliveira, 1944).

e bardos" ou ainda "a açulada matilha dos dons joões de alta roda". O desfile das mulheres de vários tipos e classes dentro da "tarântula do flirt" compõe o espírito da Avenida, que não precisa ser nomeada, pois só pode ser o grande furor da época, a Avenida Central, por volta de 1908 ou 1909. E o enxame lingüístico de "atafulhadas ancas", "cintilações metálicas", "calculadas compunções", "modelado em violette", "vida chic", "lorgnon" etc., parafernália tardo-simbolista que é ao mesmo tempo pré-moderna pela sintaxe coloquial-irônica do texto, compõe a época em si mesma. Aqui o lugar de testemunho poético não é o da descrição topográfica da paisagem urbana, mas a própria vida da cidade, que será uma constante na poesia brasileira moderna voltada para a visão da urbe. À visão epifânica da cidade, decididamente antinostálgica, o poeta acrescenta, paralelamente, uma visão epifânica lingüística quase modernista.

    Para começar, um esboço comparativo entre duas visões de São Paulo nas primeiras décadas. Dificilmente se encontrará uma oposição tão completa como a da obra de dois paulistanos acirrados em suas visões: Oswald de Andrade e Mário de Andrade. A visão oswaldiana, sobretudo na seção "Postes da Light" do conjunto denominado *Pau Brasil* (1925), é uma visão de esboços, de flashes do cotidiano urbano, numa sintaxe contida. Representam uma São Paulo ainda plácida se comparada ao seu ritmo alucinante contemporâneo: uma carroça que se atravessa no trilho dos bondes, os repuxos que "desfalecem como velhos", a "objetiva pisca-pisca" de um fotógrafo ambulante, as bandeirolas e opas verdes de uma pequena procissão, a música de manivela, visões plácidas às quais se coloca em contraste a visão de uma São Paulo emergente, a do viaduto do Anhangabaú, dos arranha-céus e dos fordes (os automóveis da Ford), que se ergue contra o fundo ainda bucólico dos anos 20. Mesmo quando fala do Recife, noutro poema, Oswald destaca o contraste: "Os automóveis/

Do Novo Mundo/ Cortam as pontes ancestrais/ Do Capiberibe". E no segundo poema do *Primeiro caderno do aluno de poesia Oswald de Andrade* (1927), intitulado "Brinquedo", faz o resumo dessa visão contrastada de São Paulo, entre a "cidade pequena" da infância (da cidade e do poeta) até a invasão dos "bondes da Light", telefones, automóveis, "o primeiro arranha-céu", torres e pontes. A visão sintética que o poeta dá sobre a cidade é, na verdade, uma visão abstrata, mas colorida, kandinskiana ou até mondriânica da fase final, onde a modernidade comparece através de índices semântico-visuais isolados e sobretudo na construção sintática, a parataxe telegráfica.

A esta visão sintética e abstrata se opõe em tudo a de Mário de Andrade na sua *Paulicéia desvairada* (1922), que prefere uma visão mais sentimental da urbe, ou mais tumultuada, que justamente se abre com os versos-paradigma: "São Paulo! comoção da minha vida..." e "Sou um tupi tangendo um alaúde!" Nessa linguagem feita de estridências, São Paulo é "a grande boca de mil dentes", a "Minha Londres das neblinas finas", a da "digestão bem feita" do "burguês níquel", a da imigração em que "Passa galhardo um filho de imigrante,/ Louramente domando um automóvel!", a do "grito inglês da São Paulo Railway...", a dos "caminhões rodando", a do "rumor surdo, estrépitos, estalidos". Esta visão convulsiva de São Paulo é em parte ufanista da sua modernidade e em parte contraposta à ordem burguesa, que se afirma num dos mais contundentes poemas do livro, a da "Ode ao burguês", que se compara, na sua estridência oposta ao conformismo das visões burguesa e acadêmica da vida urbana, à "Cena do ódio" e ao "Manifesto anti-Dantas" do português José de Almada Negreiros, do futurismo lisboeta, anterior ao movimento modernista brasileiro.

Variantes referenciais aos ícones da modernidade ainda persistirão em três livros posteriores de Mário de

Andrade — *Losango cáqui* (1926), *Clã do jabuti* (1927) e *Remate de males* (1930) — mas se diluirão até sumirem de todo. São Paulo enquanto cidade reemergirá na *Lira paulistana* (1945). Mas como visão amortecida. Em vez de exaltação, melancolia amarga no meio da cidade; no lugar da exultação, exílio do poeta. E, em vez do tumulto lírico, a forma domada e neoclássica, imitando ritmos antigos. Portanto, uma poética isomórfica às sensações que expressa, nos dois casos. Mário é coerentíssimo. *Lira paulistana* é um livro bem-feito, até perfeito na sua composição, mas sem a vida da cidade que transpirava na estridência cacofônica da *Paulicéia desvairada*, um livro "malfeito", afinal.

No Rio de Janeiro, a obra de Manuel Bandeira seria o contrário absoluto da estridência marioandradina. Suas referências ao tema cidade são sempre oblíquas e quase sempre ele transforma a cidade, qualquer cidade, em matéria de memória, no *ritornelo* do *ubi sunt*. O Recife natal do poeta é exclusivamente *emotion recollected in tranquility*, segundo a fórmula de William Wordsworth. É o da "Evocação do Recife" e do "Boi morto". E mesmo quando fala do seu presente, no Rio, remete, em "Profundamente", à sua infância no Recife, quando desperta no meio da noite:

(...)
Apenas balões
Passavam errantes
Silenciosamente
Apenas de vez em quando
O ruído de um bonde
Cortava o silêncio
Como um túnel.

Como se vê, "ouve-se" mais o silêncio do que o tumulto da urbe. Quando se pergunta sobre os que estavam havia pouco "ao pé de fogueiras acesas" responde a si mesmo que "Estavam todos dormindo/ Estavam todos deitados/ Dormindo/ Profundamente", e a resposta volta quando se refere aos personagens da infância, já mortos, cruzando-se o presente e o passado. O citadino "ruído do BONde" que corta o siLÊNncio é a equivalência fonético-semântica dos "EsTRONdos de BOMbas luzes de BENgala" do início do poema. Dentro do silêncio, essas delicadas sonoridades soam como um anteparo musical em oposição aos ruídos do mundo. Em "Mangue", o Rio de Janeiro afinal aparece em seus aspectos mais pitorescos, mas também atravessado por uma realidade dura:

>Mangue mais Veneza americana do que o Recife
>Cargueiros atracados nas docas do Canal Grande
>O Morro do Pinto morre de espanto
>Passam estivadores de torso nu suando facas de ponta
>Café baixo
>Trapiches alfandegados
>Catraias de abacaxis e de bananas
>A Light fazendo cruzvaldina com resíduos de coque
>Há macumbas no piche
>Eh cagira mia pai
>Eh cagira
>E o luar é uma coisa só

>Houve tempo em que a Cidade Nova era mais subúrbio do
>[que todas as Meritis da Baixada
>Pátria amada idolatrada de empregadinhos de repartições
>[públicas
>Gente que vive porque é teimosa

Cartomantes da Rua Carmo Neto
Cirugiões-dentistas com raízes gregas nas tabuletas avulsivas
O Senador Eusébio e o Visconde de Itaúna já se olhavam
[com rancor
(Por isso
entre os dois
Dom João VI plantou quatro renques de palmeiras imperiais)
Casinhas tão térreas onde tantas vezes meu Deus fui
[funcionário público casado com mulher feia e morri de
[tuberculose pulmonar (...)

Como se vê, apesar do descritivismo inicial, Bandeira está menos interessado na paisagem urbana do que nos pequenos dramas dos personagens, ou seja, na "Gente que vive porque é teimosa". Porque o poeta cruza tempos e realidades diversas, que se resumem na "Oferta" do poema:

Mangue mais Veneza americana do que o Recife
Mereti meretriz
Mangue enfim verdadeiramente Cidade Nova
Com transatlânticos atracados nas docas do Canal Grande
Linda como Juiz de Fora

À visão multifacetada do mangue, opõe-se, contrastantemente, a visão delimitada do "Poema do Beco": "Que importa a paisagem, a Glória, a baía, a linha do horizonte?/ — O que eu vejo é o beco.", que é um beco qualquer da Lapa, onde morou. Prefere, poeticamente, o beco às avenidas. E quando enfoca uma tragédia urbana, em "Tragédia brasileira", não é uma tragédia grandiosa, mas a de um funcionário idoso com uma prostituta da Lapa e de suas sucessivas mudanças de casa. A simples enumeração de logradouros tem um efeito lingüístico inusitado na poética toponímica. Bandeira tira também efeitos icônicos de todos os contrastes que encontra na paisagem urbana. Em "A realidade e a imagem", o contraste é entre o arranha-céu e o chão seco onde "quatro pombas passeiam", e entre o "ar puro lavado pela chuva" e a "poça de lama do pátio". Noutro poema, traça uma "Nova poética" ao estabelecer o contraste entre a "roupa de brim branco" de um transeunte e a "nódoa de lama" salpicada por um caminhão na primeira esquina. "O poema deve ser como a nódoa no brim", conclui. Bandeira é sobretudo o poeta de recantos e detalhes, envolvidos pelo silêncio, que é um ícone da privacidade do seu universo poético.

A nota social da sua poesia é sempre referida ora a personagens anônimos como os camelôs ou os "meninos carvoeiros", ora a episódios ditos sem importância na paisagem da urbe, como em "O bicho", quando ouve o ruído de lixo remexido e pensa que é um bicho, e depois constata: "O bicho, meu Deus, era um homem". Ou como em "Poema tirado de uma notícia no jornal", quando fala de um trabalhador de feira que se atira na Lagoa Rodrigo de Freitas, depois de passar a noite bebendo, cantando e dançando no Bar Vinte de Novembro (hoje rememorado apenas como o "Bar Vinte"). A cidade mítica está disseminada em sua poesia até no mero evocar dos topônimos (Saco de Mangaratiba, Parada Amorim, Vigário Geral, Parada de Lucas, Morro do Encanto).

Quando sai do seu hábitat natural (Rio/Recife, cruzados na memória) para falar de outras urbes, vale-se ainda da memória, como no "Passeio em São Paulo", que termina em *"Ubi sunt?/Ubi sum?"* ou na "Elegia de Londres", que, depois de um passeio pela "Londres imensa e triste" (correlacionada com a Lapa) onde "Mayfair parece descorrelacionada do Tâmisa", termina por clamar ao amigo morto, dentro de sua "angústia londrina", por "um raio de tua quente eternidade". Assim, mais do que um poeta da cidade, embora atravessado por ela, Bandeira é o poeta do reflexo das cidades na memória lírica. Não é, no sentido amplo, um poeta da imagem coletiva da cidade, é um poeta da privacidade na urbe.

A poesia de Carlos Drummond de Andrade no início da sua obra reflete, ao contrário, uma imersão total na vida urbana da época. É poesia metropolitana por excelência, e Drummond, embora vindo da pacatez do interior de Minas, se transformará no maior poeta urbano do Brasil, com uma temática e um modo de expressão verbal que procuram recuperar toda a vida citadina. Logo no seu primeiro livro, *Alguma poesia* (1930) no poema de abertura ("Poema de sete faces"), ele já vê um bonde que passa "cheio de pernas". Os olhos do poeta já estão "sonhando exotismos". Quais? Paris, Torre Eiffel, Londres ("E a lua de Londres como um remorso"), Hamburgo, são todos sonhos urbanos. Em "Nota social", os movimentos do poeta (termo ironicamente reiterado) são todos típicos do contexto urbano. Ele "desembarca", "toma um auto", "vai para o hotel", "entra no elevador" etc. Em "Coração numeroso", o tema antes insinuado se explicita: o exílio individual na grande cidade, o clichê clássico que vem do pós-romantismo baudelairiano. O poeta passeia na avenida ("Bicos de seio batiam nos bicos de luz estrelas inumeráveis"), ouve os bondes tilintando, senta-se num lugar (a Galeria Cruzeiro) sem vontade de beber. Está só. "Mas tremia na cidade uma fascinação". E conclui: "a cidade sou eu". Eis o poema no seu início e no seu final:

> Foi no Rio.
> Eu passeava na Avenida quase meia-noite.
> Bicos de seio batiam nos bicos de luz de estrelas inumeráveis.
> Havia a promessa do mar
> e bondes tilintavam,

abafando o calor
que soprava com o vento
e o vento vinha de Minas.
(...)
O mar batia em meu peito, já não batia no cais.
A rua acabou, quede as árvores? a cidade sou eu
a cidade sou eu
sou eu a cidade
meu amor.

A fascinação da urbe e essa clave monocórdica atravessam a poesia drummondiana inicial. Mas não é só a temática que o expressa. A vida citadina está presente também na forma de compor, uma forma essencialmente acumulativa, mas de ritmo tenso, que muitas vezes se limita à superposição de imagens que se acumulam e se dispersam em numerosos índices visuais e auditivos. Em poucos casos, como em "Construção", "Igreja", "Cidadezinha qualquer", "Sinal de apito" e "Cota zero", há concentração e condensação. Mas Drummond é um poeta acumulativo, que muitas vezes se enredou na própria profusão verbal. De algum modo, porém, a postura irônica inicial serviu de antídoto ao envolvimento sentimental que dominou a poesia de Mário, por exemplo. Assim, não se encontra nem nestes inícios de encontro com a grande urbe (o Rio de Janeiro) nenhum vestígio de exaltação da vida urbana em si. Está sempre, mentalmente, com o pé atrás. Enquanto a cidade se transforma aos seus olhos, ele faz de outro olhar, o da própria filha, uma extensão de pura percepção. Aquele olhar "goza o espetáculo/ e se diverte com os andaimes,/ a luz da solda autógena/ e o cimento escorrendo nas fôrmas". Ou prefere a extensão do olho cinematográfico, na "Balada do amor através das idades" (in *Alguma poesia*), uma espécie de "samba do mitólogo doido", confundindo elementos mítico-lendários com elementos históricos e a vida "moderna" cinematográfica:

> Hoje sou moço moderno,
> remo, pulo, danço, boxo,
> tenho dinheiro no banco.
> Você é uma loura notável,
> boxa, dança, pula, rema.
> Seu pai é que não faz gosto.
> Mas depois de mil peripécias,
> eu, herói da Paramount,
> te abraço, beijo e casamos.

A cidade de Drummond é um estilo de vida. Que vida é essa? A da solidão na metrópole e a do desencontro permanente, como em vários filmes do cinema *noir* americano, ou, na poesia dele, em poemas como, por exemplo, "O procurador do amor" (in *Brejo das almas* [1934]): "Amor, a quanto me obrigas./ De dorso curvo e olhar aceso,/ troto as avenidas neutras/ atrás da sombra que me inculcas". Uma "sombra" que, "como nos filmes americanos", "entra numa porta, sai por outra/ e reaparece olhando as vitrinas". Não é preciso citar aqui todos os poemas drummondianos, como o emblemático "Necrológio dos desiludidos do amor" (in *Brejo das almas*), em que os índices temáticos da cidade grande se confundem todos na mitologia urbana moderna. A vida da cidade decorre "como nos filmes americanos". A vida no Rio não será tão diversa de outras cidades grandes. O poeta declara-se mesmo um cidadão da urbe universal: "Nesta cidade do Rio,/ de dois milhões de habitantes,/ estou sozinho no quarto,/ estou sozinho na América". ("A bruxa", in *José* [1942]). Da postura de habitante solitário da urbe, ele pula para uma consciência grupal em "A flor e a náusea" (in *A rosa do povo* [1945]).

> Preso à minha classe e a algumas roupas,
> vou de branco pela rua cinzenta.
> Melancolias, mercadorias espreitam-me.
> Devo seguir até o enjôo?
> Posso, sem armas, revoltar-me?
> (...)

É a vida do cidadão imerso na cidade e na sua solidão, sentindo-se impotente diante das forças das circunstâncias. E pula do seu tempo pessoal para um tempo histórico, para uma espécie de épica da vida cotidiana. Não com a visão lúgubre, eliotiana, de uma "terra desolada", mas com uma visão mais visceral da realidade, em que o poeta vê não meramente o "pesadelo da história" joyce-eliotiano, mas um processo que denomina de "marcha do mundo capitalista", da qual "declina de toda a responsabilidade" ("Nosso tempo"). É uma visão "politizada", "engajada". O que não impede que seja uma visão muito concreta da realidade à sua volta:

> Escuta a hora formidável do almoço
> na cidade. Os escritórios, num passe, esvaziam-se.
> As bocas sugam um rio de carne, legumes e tortas
> [vitaminosas.
> (...)
> Lentamente os escritórios se recuperam, e os negócios,
> [forma indecisa, evoluem.
> O esplêndido negócio insinua-se no tráfego.
> (...)

A vida urbana, porém, não pode reduzir-se à "atmosfera coletiva", e noutras passagens o poeta se volta para o drama pessoal, o do temor de uma presumível catástofre, como em "Morte num avião" (in *A rosa do povo*). Novamente o poeta sai para a rua e vive o seu dia de "condenado". Visita um banco, pega um dinheiro "azul", almoça "um peixe em ouro e creme", vê o sol e os bondes cheios. Sente-se "limpo, claro, nítido, estival" e está no meio da cidade que pulsa em torno dele:

> Estou na cidade grande e sou um homem
> na engrenagem. Tenho pressa. Vou morrer.
> Peço passagem aos lentos. Não olho os cafés
> que retinem xícaras e anedotas,
> como não olho o muro do velho hospital em sombra.
> Nem os cartazes. Tenho pressa. (..)

Poucos poetas no mundo terão identificado de tal maneira os signos "cidade/ vida" como Drummond na primeira fase da sua obra, até *A rosa do povo*. A vida decorre da pulsação da cidade, dos seus mecanismos. O poeta sofre/ vibra com a "engrenagem" em que se vê envolvido. Ele alude à "doce música mecânica dos linotipos". Nesta fase, ele é um poeta numa metrópole, o Rio, nunca se esquece disso: universalista, contemporâneo da própria historicidade e habitante do tempo presente. Ainda se sente assim nos *Novos poemas*, mas já se anuncia um Drummond mais abstrato e etéreo, o de *Claro enigma* e de livros posteriores, onde o signo "cidade" se irá diluindo até quase sumir. Ainda retorna em "A um hotel em demolição", de *A vida passada a limpo*, mas aí ele é um hóspede da própria memória, não se trata mais do "tempo presente". E no "Canto do Rio em sol", quando se trata da memória histórica, e não, também, do tempo presente, da sua época, como em tantos poemas anteriores das primeiras obras.

A cidade aparece pela primeira vez na obra de João Cabral de Melo Neto — fora uma menção efêmera no poema "O engenheiro" do livro *O engenheiro* (1942), como uma idéia arquitetônica racional e abstrata e como elemento puramente estético— no longo poema-livro *O cão sem plumas* (1950) como signo de uma realidade densa e de uma atmosfera pesada. Cabral surge então, nessa época, como um dos poetas sociais mais importantes do país. É a realidade não-aprazível, o *locus terribilis*, esmagador nessa poesia com a metáfora dominante do "sem plumas". Isto é, nenhuma retórica pode escondê-la, porque é a evidência do anti-*locus amoenus*. Um poema sobre um rio que corta uma cidade poderia muito bem se restringir ao aspecto topográfico da cidade, o poético do seu transcurso. Em vez disso, e contrariando a "aura" poética do Capibaribe no Recife, o poeta prefere pôr em foco um ângulo que seria tido como "imperfeito" e "sujo": a miséria que o rio denota e, em contraposição, a habitação de castas sociais privilegiadas, "os mil açúcares/ das salas de jantar pernambucanas", as casas que, "de costas para o rio", "chocam os ovos gordos/ de sua prosa". Cabral fala de uma "antimetáfora", a do rio, para falar de uma realidade "antipoética" e "anti-simbólica": a da vida que é denotada pelo rio e que é chocante, pois "O que vive fere" (observe-se o jogo das fricativas v/f do verso), ou ainda, reiteradamente, numa insistência mastigadora do objeto "poético" que o rio deveria ser: "O que vive choca, tem dentes, arestas, é espesso".

Falar do signo "cidade" é falar também de algo que "choca" (a sensibilidade de quem vê, por exemplo, "casas de lama/ plantadas em ilhas, coaguladas na lama").

O cão sem plumas pode ter duas visões: esta, mais direta, do lugar adverso em si, e a da realidade "desplumada" que deve ser o objeto real do poema. É também uma poética, além de ser um poema denunciante, mas não-panfletário, a não ser que a realidade em si seja um panfleto.

Noutro longo poema, muito mais denotativo e "antimetafórico", chamado apenas *O rio*, esse discurso se reitera. O rio atravessa cidades, do agreste à zona da mata, em Pernambuco, até chegar ao litoral, o Recife. A um roteiro topográfico, se substitui o de um "Recife pitoresco, /sentimental, histórico", que será depois contraposto a "outro Recife", a "cidade anfíbia/ que existe por debaixo/ do Recife contado em guias". Essa contraposição continuará em "Paisagens com figuras", comparando paisagens nordestinas e espanholas. O Recife ainda comparece, mas a metáfora "cidade" perde força em detrimento da metáfora "paisagem" e da noção muito mais genérica de região (o Nordeste brasileiro, particularizado em Pernambuco, e a Andaluzia espanhola). Ela perde também a conotação do lugar adverso com o primeiro elogio que surge (em *Quaderna*) à "bem cortada" e "bem recortada" Sevilha.

João Cabral não se afirmou, como Drummond, um poeta da urbe. Em vez das grandes cidades, megalópoles, o que se dissemina por sua obra são cenários dispersos de regiões contrapostas (Pernambuco [sertão, agreste, zona da mata] *versus* Espanha [Andaluzia, Castela]). Sente-se o poeta "citadino/ culto" nas suas opções estéticas refinadas (Valéry, Mondrian, Mary Vieira, Franz Weissmann, Marianne Moore, Francis Ponge etc.), o que é o seu lado intelectualista, e sente-se o poeta "interiorano/ visceral" nos textos voltados para a região. Enfim, à medida que avança a sua obra, o signo "cidade" se cristaliza numa contraposição, a da realidade-memória do Recife, uma cidade que só existe revisitada na imaginação poética, criticamente filtrada, e da realidade-sensação de Sevilha. Essas cidades-símbolo, na verdade míticas, se contrapõem em *Agrestes* (1985), um livro, afinal, de alma citadina, apesar do título. Nos livros *Crime na*

Calle Relator (1987) e *Sevilha andando* (1989) o signo "cidade" funde-se a uma realidade que é ao mesmo tempo real e da imaginação, fantasmagórica, e a "cidade mítica" de Sevilha vence a antiga sensação do que se propõe como *locus terribilis* e se faz a metáfora dominante do *locus amoenus*. Sevilha já aparecera antes na obra de João Cabral, mas é em *Sevilha andando* que ela se torna o signo central da "cidade em si", como se transistórica (não porque na memória, como o Recife de Bandeira, mas por ser real, de carne/osso) ou mítica. Esse mito é, porém, palpável, e a "palpabilidade" sensória é mesmo o grande trunfo do poeta. Mesmo sentindo-se "incapaz de todo" para "dá-la a se ver", o seu grande recurso é o da disseminação do signo Sevilha em tudo: nos balcões de "tanta flor", nas "cores papagaias", nas *glorietas*, nos toldos de lona, na "aguda luz" e no "sol cru", em Pernambuco (Capibaribe/Guadalquivir), em "uma mulher de andar sevilha" (no Porto), na procissão de encapuzados e nos que a olham da porta de um bar, nos "señoritos" (velhinhos da Calle Sierpes), na "carnal alvenaria" da cidade e em muitos outros lugares e coisas. Sevilha é substantivo, adjetivo, verbo. Sobretudo o lugar do feminino, como nos dois últimos fragmentos de "Viver Sevilha":

3. Só em Sevilha o corpo está
com todos os sentidos em riste,
sentidos que nem se sabia,
antes de andá-la, que existissem;

sentidos que fundam num só:
viver num só o que nos vive,
que nos dá a mulher de Sevilha
e a cidade ou concha em que vive.

4. Uma mulher sei, que não é
de Sevilha nem tem lá raízes,
que sequer visitou Sevilha
e que talvez nunca a visite,

mas que é dentro e fora Sevilha,
toda mulher que ela é, já disse,
Sevilha de existência fêmea,
a que o mundo se sevilhize.

O trocadilho no final da estrofe pede que o mundo se civilize através da metáfora corpo, corpo feminino e concreto. De certo modo, pode-se dizer que a Sevilha de Cabral, vivamente "corpórea", sensória e até sensual em certos sentidos, opõe-se à visão "incorpórea" e espiritual que se sente na Ouro Preto do Murilo Mendes de *Contemplação de Ouro Preto* (1954). Sem que haja aqui espaço para um exercício comparativo (e assinale-se que o Murilo de *Siciliana* [1959] e *Tempo espanhol* [1959] já é bem mais "corpóreo", mas nunca atinge o mesmo grau de "materialidade" das referências cabralinas), podem-se assinalar aqui duas visões contrapostas (sem que os autores se tenham proposto isso) de uma "cidade mítica": uma trans-histórica (Sevilha) e aberta (como signo vivo), e outra histórica e fechada (como alegoria, ruínas de um "outro tempo").

Vindo mais para os nossos dias, Haroldo de Campos, nas *Galáxias* (1984), prefere ver o signo "cidade" de um ponto de vista mais ecumênico, em que o *locus amoenus* e o *locus terribilis* se entrelaçam numa pluralidade imagética. A visão haroldiana é a da profusão, e por isso nele se aponta a emergência de uma imagística barroca moderna. Imaginado como um livro-viagem ou um "*baedecker* de epifanias", ou seja, um *baedecker* de epifanias verbais, o poeta faz na verdade uma viagem lingüística através de signos difusos, entre os quais se insere a visão explícita de cidades como Granada ou Salvador, por exemplo, e outras a serem "decifradas" no palimpsesto poético. Se ficarmos na explicitação, Salvador aparece evocada através da canção de um cego de feira, "circuladô de fulô", que detona a evocação múltipla de imagens e associações verbais, mas sempre trazendo uma tensão crítica permanente, como neste início do fragmento:

circuladô de fulô ao deus ao demodará que deus te guie
[porque eu não
posso guiá eviva quem já me deu circuladô de fulô e ainda
[quem falta me
dá soando como um shamisen e feito apenas com um arame
[tenso um cabo e
uma lata velha num fim de festafeira no pino do sol a pino
[mas para
outros não existia aquela música não podia porque não podia
[popular
aquela música se não canta não é popular se não afina não
[tintina não
tarantina e no entanto puxada na tripa da miséria na tripa
[tensa da mais
megera miséria física e doendo doendo como um prego na
[palma da mão
(...)

Como se pode ver, é um processo de aparente mistura heterogênea de elementos dispersos, como a linguagem popular (início com imitação de entoação de canto popular), elementos de linguagem culta (*shamisen*), descritivismo (ambiente da feira nordestina sob o sol a pino), crítica a uma forma popular pelos eruditos, crítica social ("megera miséria física"), para ficar apenas em alguns elementos (continuando, depois, no elogio da inventiva popular, por exemplo). Embora o poeta diga a certa altura que "isso não é um livro de viagem", a "viagem" é visível na sua identificação com a linguagem, quando se trata, por exemplo, de falar de tipos que povoam a urbe, no caso a urbe americana no fragmento em que aparecem imagens referentes aos negros americanos:

> calças cor de abóbora e jaqueta lilás negros de chocolate
> [um matiz
> carregado de cacau e esgalguecéleres num passo de zulus
> [guerreiros
> ou então uma gravata dourada fosforece na camisa anil e
> [lapelas amarelas
> esquadram um tórax dobradiço de boxeur a massa branca
> [passa a massamédia
> vil e taciturna num mesmo coalho cinzaneutro de trajes
> [turvos truncos
> e soul brother temple girl soul soul brother soul sister
> [old black
> brother manny moe and jack um tufão pugilista esmurrara
> [os prédios na
> rua 13 ou na rua 14 e poupara somente as vitrinas de
> [garranchos brancos
> think black talk black act black love black economize
> [black politicize
> black live black todas cores rodeiam o sol central furor negro
> (...)

Constata-se um processo semelhante ao do fragmento anteriormente citado, em que das interseções lingüísticas e imagéticas (imagens de vestimentas extravagantes que se opõem ao "cinzaneutro" da sociedade branca da massamédia) se passa à rebeldia em termos de linguagem dos negros.

Portanto, trata-se da interseção entre linguagem e política, um processo que permeia todo o contexto bastante internacional (opondo-se ostensivamente a uma visão localista ou mesmo inter-regional) das *Galáxias*. Vê-se, assim, que o avassalador trabalho lingüístico de Haroldo de Campos se colocaria, em termos da nossa dimensão inter-regional, mais ao lado de Girondo do que de Borges, por exemplo, não entrando, nisso, nenhuma avaliação de caráter ou de grau estético. Há, certamente, uma dificuldade de leitura corrente dos textos (trata-se de um conjunto de fragmentos isolados mas unidos pelo idêntico processo lingüístico). Mas isso é compensado quando se percebe que o autor tem por trás da invenção lingüística outras intencionalidades que não se ocultam, mas, bem ao contrário, se revelam ao correr do texto, tais como rememorações poéticas de lugares, textos e situações, resultantes sobretudo das múltiplas viagens, vivências e leituras que se metamorfoseiam na linguagem múltipla dos fragmentos; ou posicionamentos artísticos ou político-sociais, de modo geral simpáticos a causas opostas ao *establishment* estético ou social.

Haroldo de Campos não evoca propriamente cidades, mas "atmosferas" e "casualidades" suscitadas pelas viagens, e reinvocadas através do jogo lingüístico, aparentemente *au hasard* da profusão verbal, mas na verdade através de um método de montagem como o dos filmes eisensteinianos. Esse método de montagem pode parecer que ignora os limites entre a linguagem da prosa e a da poesia, porém, à medida que se avança na leitura dos fragmentos, percebe-se que o modo reiterativo se identifica mais com o processo da construção poética.

Coloque-se aqui, por fim, o resultado estético de um processo de certo modo oposto ao da profusão verbal dos exemplos acima. Trata-se do poema de Augusto de Campos "Cidade/ City/ Cité" (1963), publicado em *Poesia 1949-1979* (1979) muito tempo depois de ter aparecido em *Invenção* n° 3 (1963). O poema tem uma única linha com várias iniciais de palavra (atrocaducapa etc.) que terminam em cidade/ city/ cité (atrocidade/ caducidade/ capacidade etc.). O texto visa à construção de efeitos verbais, visuais e auditivos, sendo sua leitura pelo poeta (há uma gravação no CD *Poesia é risco*, altamente experimental) suscitadora de viva impressão pelo ouvinte dos ruídos múltiplos de uma metrópole.

Esta realização tem por objetivo uma síntese das sensações provocadas pelo ente denominado cidade, em seus múltiplos aspectos, conforme as explicitações teóricas da época pelo próprio autor da construção de uma obra "verbovocovisual", muito à parte e peculiar dentro do contexto geral do que, no Brasil, ou mesmo no mundo moderno inteiro, se tem denominado de "poesia" (isto é, o objeto puramente verbal). Mas aí se entra no âmbito do puramente convencional, do que se cinge às convenções, do que se tem por "poético" e "não-poético", num contexto histórico em que todas as noções são submetidas, no mínimo, a uma "dúvida metódica". Assim, o poema "Cidade" tornou-se, de certo modo, realização emblemática de uma concepção particularíssima do objeto poético, na qual a construção visual-fonética é substitutiva do modo meramente discursivo de enunciação verbal. Concepção cuja validez, estranhamente, é debatida há quase meio século, enquanto as salas de exposição modernas são invadidas por objetos inclassificados, ambientes, instalações, propostas paradramáticas etc. Além disso, não se pode ignorar a intencionalidade semântica na construção visual-fonética acima referida, em que os termos selecionados para compor com o termo-base cidade, cité, city funcionam como índices de um posicionamento do poeta, que não vê a cidade sob a ótica simplista do deslumbramento diante do fenômeno metrópole, mas insere na sua visão elementos constitutivos também corrosivos. Augusto de Campos não apenas "canta" o fenômeno icônico-sonoro, mas também o indaga criticamente, na sua síntese radical. Pode-se, por isso, sem hesitações, incluir sua interferência como crítica do contexto da visão otimista do fenômeno hipermetropolitano dos nossos tempos.

A oposição entre o lugar ameno e o lugar adverso constituiu o núcleo destas anotações desde o início. Na verdade, foi como lugar adverso, como antiutopia, que o ícone cidade primeiro apareceu sistematicamente na poesia pessimista de Baudelaire e só depois logrou alcançar, e muito menos na expressão poética do que noutras manifestações artísticas (artes visuais: pintura, gravura, desenho de cartazes, ou, ainda, fotografia, cinema), o estatuto da utopia. Mas, mesmo nessas artes, e mais particularmente na literatura (ficção narrativa e poesia), esse estatuto é permeado pela dúvida e pela incerteza, como já se constatou em exemplos antes lembrados.

Evidentemente, aqui se fez apenas um corte no que poderia sugerir o tema da cidade na poesia, e dentro dos limites de um ensaio, sendo muita coisa posta de lado, mesmo no Brasil. Como, por exemplo, a visão da transparente claridade da cidade do Recife na poesia inicial de Joaquim Cardozo. Ou a Bahia em Gregório de Matos, apenas evocada parcialmente. Ou, ainda, a Nova York de "O inferno de Wall Street", de Sousândrade. Muita coisa da poesia moderna européia, americana e hispano-americana ficou de lado, também. É preciso que se diga que o signo cidade se afirma com a descoberta paulatina desse novo continente, chamado de "vida moderna", que emerge ainda no século XIX (e Baudelaire é a capital dele) e só se afirma na sua plenitude no século XX. Praticamente a cena moderna ou a cena metropolitana se identificam com a arte e a poesia modernas, sobretudo nas primeiras décadas do século. Esse signo irá aos poucos se tornando tão difuso que termina por quase desaparecer na segunda metade do século. Está presente de maneira intensa e explícita no cinema, no teatro, nas artes visuais e outras formas na primeira metade do século. Pense-se em Eisenstein, Dziga Vertov, Fritz Lang, Marcel Carné, Jules Dassin, e no cinema americano em peso, sobretudo o do ciclo noir, entre inícios da década de 1940 e meados da década de 1950. O fascínio da cidade como tal está em *O homem da câmera* (Vertov), *Berlim, sinfonia de uma metrópole* (Walter Ruttmann), *Metropolis* (Lang), *Cidade nua* (Dassin), *Cais das brumas* (Carné), *Que viva México!* (Eisenstein), ou, ainda, nas visões de Tóquio e Quioto em filmes japoneses de Ozu ou Kurosawa, ou em recentes filmes chineses de Jang Imu, como *A história de Quiu Jiu*, e outros, em que cidades chinesas e sobretudo a metrópole Pequim está presente, e diversos outros no mundo, inclusive muitos filmes brasileiros. Signos visuais como a Torre Eiffel (Blaise Cendrars, Robert Delaunay), o Empire State Building (inúmeros filmes) ou, depois, o World Trade Center (nos filmes mais modernos, das últimas décadas do século xx) ou o Corcovado, no contexto brasileiro, resumem, como símbolos, cidades como Paris, Nova York e Rio de Janeiro.

    Finalmente este signo hoje está tão entranhado (quantas vezes a vinheta Manhattan se encontra na abertura de filmes americanos? Pense-se, especificamente, no lugar central do ícone cidade no *Manhattan* de Woody Allen, por exemplo) que passa a ficar despercebido. De certa maneira, a cidade foi o símbolo representativo da modernidade ao correr de todo o século xx, e também de diversas futurópoles, dos *comics* (dos de ação, como Dick Tracy, aos humorísticos, como Lil Abner) aos filmes, como a caótica Los Angeles do *Blade Runner*, de Ridley Scott, signo emblemático do persecutório e do *locus terribilis* na segunda metade do século XX. Pois a cidade vai se tornando, como um caos que emerge para ficar — no trânsito, no crime ou na desordem ambiental — um lugar problemático na atualidade, sobretudo as megalópoles, entre as quais São Paulo e Rio de Janeiro, no Brasil, onde, ao lado do paraíso, se abeira do inferno. A "poesia" do fascínio das cidades, ainda pleno das tinturas românticas e impressionistas, se evaporou para dar lugar à sua dificuldade de ser. *Ubi sunt* os lugares amenos? Por isso, talvez, a poesia puramente verbal, literária, não tem muito o que dizer hoje, e o signo cidade se foi instalando de modo mais acentuado e cortante no universo *pop* dos filmes ou dos ritmos do *rock* ou do *rap*, tão opostos ao das canções do século XIX e inícios do século XX, e mesmo aos *blues*. Estes são, talvez, signos totalmente diversos, e outro será o lugar da sua apreciação crítica. Como o leitor pode ver, o objetivo dessas notas não é chegar a conclusão alguma, mas apenas expor a viagem de uma visão da cidade como tema poético, bastante complexo, que provavelmente mereceria uma exposição mais detalhada se este fosse o propósito do autor, que se contenta com os limites taticamente estabelecidos.

A meta múltipla de Murilo Mendes

A obra poética de Murilo Mendes, que foi reunida não há muito tempo num único volume, organizado pela ensaísta italiana Luciana Stegagno Picchio, se tornou para os leitores de hoje a redescoberta de um conturbado continente poético submerso, que surpreende pela atualidade. Suas surpresas são muitas e para serem mapeadas com precisão ainda será preciso algum tempo. Assim, as notas que se seguem têm apenas a intenção de traçar algumas coordenadas, algumas trilhas dentro da selva lingüística desse antigo-novo poeta.

 Murilo Mendes – Poesia completa e prosa (1994), da editora Nova Aguilar, com organização, edição do texto e notas de Luciana Stegagno Picchio, é um dos maiores eventos da vida literária brasileira dos últimos anos. Uma bela edição, que honra a bibliografia brasileira contemporânea. São dezesseis conjuntos poéticos publicados em vida, três inéditos poéticos em português, um em italiano e outro (poesia & prosa) em francês. E mais três títulos de prosa publicados em vida e cinco inéditos. É preciso que se diga, como esclarecimento necessário, que o livro, apesar da cx tensão, não engloba toda a contribuição em prosa do poeta, restando coisas que nunca foram reunidas em volume. De sua prosa editada, há uma antologia organizada pelo autor e Saudade Cor-

tesão Mendes, publicada *post-mortem*. Assim, o conhecimento da obra de Murilo Mendes no Brasil era imperfeito, na poesia e na prosa, e nesta última ainda há lacunas. Mas o que se tem agora é a base suficiente para uma nova visão crítica dela.
O juízo dessa totalidade é difícil. A obra de Murilo Mendes abarca direções múltiplas, deixa no ar contradições e indagações, e no final o autor parece mudar radicalmente sua orientação estética. Mas, ao embrenhar-se no seu labirinto, o leitor percebe que faces esquecidas reemergem, como se houvesse uma ânsia de retorno às origens, e, vendo-se de perto, as mudanças não são radicais ao ponto de haver renegação da obra anterior, exceto em casos esporádicos. Estruturalmente, o poeta que estreou em *Poemas* permanece igual a si mesmo no último livro, *Ipotesi*, publicado fora do país e escrito em italiano. E até no último publicado no Brasil, *Convergência*, repercutem ecos da intensa aventura poética iniciada com *Poemas* em 1930. Sem dúvida a obra inicial coloca as pedras fundamentais de uma trilha múltipla: dela sairão várias direções, mas três básicas: a do poeta crítico-irônico, a do poeta voltado para a cotidianidade e a do poeta voltado para a reflexividade. A primeira se prolonga em *Bumba meu poeta* e *História do Brasil* (o primeiro sobre a situação do poeta no quadro social, de onde acaba sendo deslocado, como os poetas são expulsos da república platônica; e o segundo, renegado depois (injustamente), faz uma antipoética e ácida paródia da "história oficial" e seus clichês. A acidez irônico-crítica se recolherá na obra do poeta e se metamorfoseará no humor mais "filosófico" dos paradoxos e jogos lingüísticos. Estes já nascem do primeiro texto do livro inicial, uma paródica "Canção do exílio" que transforma "palmeiras" em "macieiras da Califórnia", o "sabiá" em "gaturamos de Veneza", os "sargentos do exército" em "monistas, cubistas" e os "filósofos" em "polacos vendendo a prestações".

Parecia instalada a confusão, mas a desordem antitética seria a marca do poeta que impulsionaria uma originalíssima máquina de "visões". E logo deságua em *O visionário* (1933-34), que junta as outras direções já assinaladas: a visão da materialidade cotidiana e a reflexão sobre os processos vitais. De versos como "tem a morte, as colunas da ordem e da desordem" e "Me desliguem do mundo das formas", e do poema "Mapa", um verdadeiro manifesto do desconjuntamento das coisas do mundo, daquele livro inicial, nasce o fluxo torrencial de imagens de *O visionário*, que celebra os ciclos diversos de transformação da vida vista em seus aspectos mais cotidianos. Homológico ao seu dualismo matéria/espírito, há, nessa obra, um semicompromisso entre o coloquialismo (mais de processos sintáticos) e a atenção à norma culta, jogo dual que persistirá em obras posteriores.

O poema "Jandira" seria o exemplo máximo da metáfora transbordante da força da matéria de *O visionário*. Mas é um jorro domado: as três partes do livro transmitem a idéia de caos ordenado, entre a hibris do visionarismo e a absorção do mundo material. Posterior, *Tempo e eternidade* tenta dar uma resposta religiosa a esse caos hiperbólico, mas infelizmente não tem força poética para isso e decepciona diante da riqueza imagética do livro anterior.

Os livros seguintes formam uma espécie de ciclo: *Os quatro elementos*, *A poesia em pânico*, *As metamorfoses* e *Mundo enigma*. Afastam-se da "substância que preside as eras", o tedioso "essencialismo" conceitual de Ismael Nery, que tinha se soreposto às "almas desencontradas" de *O visionário*. De certo modo, a inquietação de *Poesia em pânico* foi uma correção dos excessos messiânicos do livro anterior. E a ele sucedem as visões concretas de *Os quatro elementos*, em que referências míticas se fundem a imagens realistas ("O observador marítimo"), recobra-se o humor perdido em *Tempo e eternidade*, reforça-se a idéia de desmontagem criativa, incorporam-se elementos de problematicidade "demoníaca" em *A poesia em pânico* ("A fulguração que me cerca vem do demônio") e expande-se a sensualidade "herética", ainda nesse livro. E mais: acentuam-se as dualidades e os contrastes através das imagens "barrocizantes", como no poema "O visionário" de *As metamorfoses*: "Eu vi os anjos nas cidades claras/ Nas brancas praças do país do sol" e "Na manhã aberta é que vi os fantasmas/ Arrastando espadas nos lajedos frios/ Ao microfone eles soltavam pragas". Também se torna mais clara nesses livros a delimitação de formas, que em *Mundo enigma* se acentua. Compare-se, por exemplo, o poema dedicado a Vieira da Silva em *As metamorfoses* com o "Harpa-sofá", de *Mundo enigma*, mais objetal. A linguagem mista de referências míticas e concretas ("últimas notícias de massacres") chega ao auge e "transborda" no famoso "Poema barroco": "Os cavalos da aurora derrubando pianos/ Avançam furiosamente pelas portas da noite".

Uma ligação secreta une *Poemas*, o primeiro livro, a esses quatro livros posteriores à sua experiência espiritualista. Eles fundam a "estética de base" de Murilo Mendes, com os seguintes princípios:

1. O predomínio intenso das imagens visuais, que dão um caráter plástico a essa poesia;
2. A idéia permanente de montagem/desmontagem, que, além do caráter plástico, traz consigo as idéias de corte, movimento e ritmo, que são as mesmas das artes visuais, sobretudo as narrativas, como o cinema, que dão a essa poesia o aspecto intenso de modernidade.
3. O processo de construção antitético que configura a sua obra como um jogo de antíteses; que se revela constante

na oposição entre lógica e antilógica da sua estruturação poética.
4. Certa politonalidade poética que permite misturar elementos "poéticos" com os "antipoéticos", segundo as visões ortodoxas;
5. Certa dissonância contrastante no uso dos elementos lexicais.

Todos esses aspectos configuram a permanente preocupação formal na poesia de Murilo, que, por trás do seu singular "desconstrucionismo", poderia parecer a construção deliberada de uma des-ordem, mas guardou sempre uma secreta ânsia de ordem em todas as suas fases, conseguindo unir, como num grande paradoxo, a essa obsessão ordenadora, a vertigem e o fascínio pelo caos.

A dualidade ambivalente dessa poesia tem, evidentemente, antecedentes em certas correntes do romantismo europeu, podendo-se pensar, por exemplo, na simbologia secreta que rege algumas obras, entre as quais se destaca a de William Blake, particularmente o de *Songs of Experience*. O Murilo dessa época parece ser avesso a quaisquer neoclassicismos, embora imbuído de uma visão romântica, claramente a favor de uma modernidade plena, como se demonstrou depois. Ao longo da sua obra, vários poemas se apresentam como emblemáticos dessa tendência dualista que o seguiu até o fim. De qualquer modo, não se trataria de um *parti pris* simplesmente estético. A tendência inquieta de se dividir entre duas opções (Deus e o demônio, diz numa certa passagem) é estruturante de sua personalidade. O apego a visões místicas e secretas que ainda pervade sua poesia irá se diluindo aos poucos na direção de uma materialidade mais crua e resplandecente na segunda fase da sua obra.

A partir de *Poesia liberdade* (1947), sobretudo a segunda parte, a linguagem muriliana torna-se menos abstratizante e intemporal. A poesia se delimita mais histórica e topologicamente. Fala de "O choque do tempo contra o altar da eternidade" e "O choque dos cerimoniais antigos/ Com a velocidade dos aviões de bombardeio". É poesia integrada à realidade histórica. No projeto posterior de *Contemplação de Ouro Preto* (1954), recompõe-se um certo *sermo nobilis*, como se fosse restaurar a tradição descritiva da arcádia neoclássica. Mas o projeto é também introjetado de excessos hiperbarrocos e hiper-simbolistas. É uma tentativa de "colar" tema/ forma através de uma "restauração" prima-irmã da *Invenção de Orfeu* (1952) de Jorge de Lima. O projeto é fechado em si mesmo, com alguns altos momentos de grande mestria, como o fragmento dedicado a "São Francisco de Assis de Ouro Preto", no qual Murilo une aspectos estético-formais da construção arquitetônica barroca mais célebre do Aleijadinho (o fragmento é dedicado, *et pour cause*, ao arquiteto Lúcio Costa) a aspectos míticos e místicos da atmosfera cultural de Minas. São elementos que ainda resistem no tempo, mas que irão aos poucos se metamorfoseando em novas soluções de caráter formal, com o barroquismo sendo deixado para trás.

As soluções em *Parábola* e *Siciliana* são, assim, diversas, pois há uma busca de concentração extrema, com realizações meticulosamente nítidas nesses dois livros, cuja economia topológica e busca de uma isomorfia tema/linguagem irá desaguar em projeto similar mas oposto ao da *Contemplação*. Não há, nessa fase muriliana, nenhum tipo de idealização da realidade, como na obra dedicada à mitologia ouro-pretana, em que todos os temas e lugares perfilados parecem envolvidos em delicada aura. Agora, a contemplação de formas e de lugares se identificam com a retomada de *topos* da tradição histórica, sem que, com isso, haja propriamente um retorno neoclássico. Em momento algum o poeta parece esquecer seu posicionamento contemplativo de quem se perde numa *forêt de simboles* de origem pós-romântica. Ei-lo, como se de pé, ante o desconhecido, em "Pássaros noturnos" de *Parábola*, no qual parece se configurar, de maneira emblemática, esta posição atenta diante do universo simbólico da realidade:

> Pássaros noturnos:
> Ao longe balançam o canto obscuro
> Pois nas grutas profundas se encolheram
> E nos maciços de árvores.
> Pela noite seu canto oblíquo
> Na soledade do silêncio
> Configura-os a bichos desconhecidos,
> São provisoriamente outros bichos
> Nascidos sem lei nem forma
> Do intocado abismo e da folhagem.
> Pássaros fantasmas,
> Pássaros noturnos
> Anunciadores de uma vida livre
> Cujo segredo ao nosso ouvido escapa,
> Uma vida de ignota relação.

Já na brevíssima seleção poética de *Siciliana*, de modo ainda mais sintético, o poeta associa, de forma ainda mais integrada, lugares geográfico-culturais e *topos* da tradição histórica, como se quisesse resumir, poeticamente, um *epos* civilizatório remoto, que pode ser contemplado como se em ruínas, fragmentadamente, como se configura em "As ruínas de Selinunte":

> Correspondendo a fragmentos de astros,
> A corpos transviados de gigantes,

> A formas elaboradas no futuro,
> Severas tombando
> Sobre o mar em linha azul, as ruínas
> Severas tombando
> Compõem, dóricas, o céu largo.
> Severas se erguendo,
> Procuram-se, organizam-se,
> Em forma teatral suscitam o deus
> Verticalmente, horizontalmente.
>
> Nossa medida de humanos
> –Medida desmesurada–
> Em Selinute se exprime:
> Para a catástofre, em busca
> Da sobrevivência, nascemos.

Assim, o interlúdio desses textos, tanto os de *Parábola* como os de *Siciliana*, significam uma busca de abrangência simbólica de processos civilizatórios. Eles são uma espécie de pórtico poético-filosófico para uma visão declaradamente totalizadora de uma realidade histórico-cultural determinada.

Pois *Tempo espanhol* quer abarcar uma civilização e dela construir um perfil claro. Noutros termos: através da própria linguagem poética e de imagens obsessivamente recorrentes (predominando as de "concreticidade" e "rigor", e as de "secura" e "severidade"), construir o ideograma daquela civilização. Tudo isso emerge em recortes precisos, como, entre muitos outros, em "A tesoura de Toledo":

> Com os seus elementos de Europa e África,
> Seu corte, inscrição e esmalte,
> A tesoura de Toledo

Alude às duas Espanhas.
Duas folhas que se encaixam,
Se abrem, se desajustam,
Medem as garras afiadas:
Finura e rudeza de Espanha,
Rigor atento ao real,
Silêncio espreitante, feroz,
Silêncio de metal agindo,
Aguda obstinação
Em situar o concreto,
Em abrir e fechar o espaço,
Talhando simultaneamente
Europa e África,
Vida e morte.

Muda-se então o paradigma poético, pois ao retrato "descritivo" substitui-se um retrato "lingüístico", metafórico-metonímico, com a idéia nuclear de "tesoura". Como em "Córdova": "Conheço-te a estrutura tersa,/ Toda nervo e osso, contida/ Em labirintos de cal" (...). Em suma, uma linguagem "tersa" como aquela estrutura, "Onde Espanha é calculada/ Em número, peso e medida".

Em suma, trata-se, em *Tempo espanhol*, de recuperar, nos termos estritamente materiais da linguagem verbal, o substrato do espírito espanhol, como João Cabral recuperou na imagem do "cante a palo seco", ou de teor semelhante ao que o mesmo Cabral fez com a imagem (de resistência) da cabra em relação à região nordestina, tantas vezes por ele comparada à Andaluzia.

De certo modo, *Convergência* (1970), última obra poética publicada em vida, no Brasil, não seria mais do que uma conseqüência lógico-formal de *Tempo espanhol*, embora entre os dois livros medeiem doze anos sem publicação, a não ser no exterior, e, aqui, de um livro de memórias. As conseqüências são extremas: os "Grafitos" e "Murilogramas" são, no primeiro caso, anotações sobre coisas, lugares e criadores artísticos, e, no segundo caso, mensagens pessoais exclusivas a artistas e poetas. São profissões de fé de uma visão plural (convergências + divergências), e às vezes a profissão radical de um certo fundamentalismo estético estrutural, uma crítica antiestetização do real, a louvação da antiestética ("Antes cadeira no duro" de "Grafito numa cadeira"). Ou de uma visão minimística, como em "Grafito na escultura *Santa Teresa* de Bernini", justamente na linha gongórica — "Mármore vão petrificada espuma" —, que é "desgongorizada" pelo "vão", que é o inútil e é o espaço interno da linha, e conceitualizada pelo verso "Eu vi apalpei o signo" de "Grafito para Giuseppe Capogrossi". Nos "Murilogramas", há o predomínio da parataxe, em que se constrói o "texto táctil". Tactilidade hipersintética que se vai radicalizando em "Sintaxe", a segunda parte do livro, e termina com uma recuperação plena do humor através de processos lúdicos extremados. E assim se retoma a antiga imagem do poeta-prestidigitador que tem origens longínquas, do livro *Poemas*, já então totalmente "construído", ao contrário de toda a lenda de "intuição poética" que envolveu o poeta, presente até na apreciação inicial de um Manuel Bandeira, que o considerou "um dos três ou quatro bichos de seda" da poesia brasileira, isto é, um daqueles poetas que tiram tudo de si mesmos. A evolução posterior de Murilo Mendes parece contrariar isso, e ele hoje nos parece o contrário de um "intuitivo", isto é, parece um poeta que tirou tudo de tudo, inclusive de toda a tradição estético-literária que o circundou. E é preciso que se veja a influência que todo o ambiente cultural clássico do continente europeu, a Itália e a Espanha sobretudo, exerceu sobre ele, incluindo-se a poderosa noção da cultura como ruína.

Aqui se encerra esse roteiro de Murilo Mendes. Certamente, se ele se estendesse à sua prosa, sobretudo a de *Poliedro*, livro anfíbio de poesia/prosa, e a obras em outras línguas como *Ipotesi*, não se chegaria a resultados diversos do que aqui se expôs, pois, ao final, poder-se-ia ver tudo como o resultado de princípios já estabelecidos, como se houvesse um método de construção muriliano, que a olhares superficiais poderia parecer mais um "antimétodo" de tudo, desordenado e atraente como um abismo conceitual. Tem-se discutido o fato de o Murilo Mendes da última fase ter se virado quase totalmente para uma denotatividade prosaica, quem sabe se por influências "maléficas" de algum método. Para esses críticos, Murilo teria "empobrecido" sua linguagem, deixando de ser, enfim, o poeta bem mais "poético" que fora até *Mundo enigma*. Seria uma espécie de "traidor de si mesmo". Os enigmas e paradoxos desapareceram e foram substituídos por uma linguagem denotativa explícita demais. Essa crítica, bem semelhante à que o poeta Paul Celan fez em relação ao hiperdenotativo Bertolt Brecht, privilegia, como em antigas noções idealistas e românticas, um roteiro "adequado" para o que é e o que não é poético. Essa "traição" inexiste, na verdade, no caso particular de Murilo Mendes. Alguns de seus processos poéticos talvez tenham mudado, mas a inflexão e a tonalidade continuaram as mesmas. Se Murilo se "joão-cabralizou" e se "mondrianizou", como ele mesmo disse no final, ficou um Cabral desafinado e um Mondrian de linhas tortas. Se a obra anterior de Murilo sonhava um jogo de quebra-cabeça, com desmontagem/ remontagem de peças, um mapa fragmentário a ser recomposto, ela não se tornou menos lúdica no final: passou a jogar de outra maneira. Por exemplo, através de imitações, como no "Murilograma para Mallarmé", em que o ideograma formal de Mallarmé é perfeito. Enfim, a busca de uma linguagem táctil, em que se constroem retratos "lingüísticos" como os diversos que há em *Tempo espanhol* ou como o de "Murilograma para Graciliano Ramos":

> Brabo. Olhofaca. Difícil/ (...)
> Desacontece, desquer,

em que a construção assindética imita o "estilo" de ser de um "personagem". Pode-se preferir o Murilo "antigo" (o de *Mundo enigma* para trás) por se achar que a riqueza metafórica era maior. As colagens fascinantes de imagens e elementos díspares devem, naturalmente, às lições das artes visuais, as quais jamais desapareceram. O certo é que sempre ansiou pela "ordem", não a da política autoritária do fascismo, que sempre odiou, mas a ordem de um paradoxal "desconstrutivismo construtivo", como em "O operador" de *Os quatro elementos*:

> Uma mulher corre no jardim
> Despenteando as flores
> Alguém desmonta o tempo
> Édipo propõe um enigma às constelações
> O mar muda provisoriamente de lugar
> Se assobiarem um foxtrote
> A ordem se fará outra vez.

Esta "ordem" que jamais despreza o humor é a mesma que se encontrará no final da sua vida/obra. Não como um antípoda de si mesmo, mas como um complementar do seu paradoxo original.

O outro Raul Bopp

A recente publicação da *Poesia completa de Raul Bopp*, (José Olympio/ Edusp, 1998) em edição organizada e comentada por Augusto Massi, vem suprir uma das várias lacunas editoriais na área de poesia no Brasil. Das mais importantes, por se tratar de um nome básico do modernismo brasileiro, e um dos representantes do movimento da antropofagia. Com esta edição, exemplar em vários sentidos, inclusive pelo moderno aspecto gráfico, a impressão que se tem é a de que Raul Bopp teve agora, pela primeira vez, a obra perfeitamente mapeada. O conjunto dessa obra apresenta agora uma organização mais lógica, bem estruturada, longe da impressão de *disjecta membra* que as edições anteriores suscitavam.

Deve-se isso, é claro, à acuidade do organizador, que não se deixou levar pela imagem convencional de um poeta que conquistou certa audiência marcada por uma aura "folclórica". Desde a "pré-história" dela, com os "Versos antigos", intercalando-se um novo segmento com "Como se vai de São Paulo a Curitiba", até a parte final dos "Parapoemas", obteve-se não meramente uma ordem seqüencial mas uma nova imagem lógico-estrutural dessa "poética" peculiar, que sai renovada nesta reavaliação. Sai outro poeta.

Que outro poeta? Em primeiro lugar, as denominações ("folclórico", "regional", ou mesmo "antropofágico") ficam parecendo, se não irreais, insuficientes para a compreensão do todo. Bopp é poeta moderno, mas é, antes de qualquer coisa, se tiver de ter um traço qualificativo, mítico, em algumas de suas linhas dominantes. Esta mítica é mais abrangente do que a delineação dos elementos puramente folclóricos da obra. Eles emergem mais claramente na obra principal, *Cobra Norato*, mas o sentido mítico subjacente à criação poética nesse texto e noutros vai além desses componentes. Ele é composto de elementos como as idéias de árvores e raízes (que traduzem o sentido de organicidade inerente à criação natural), a idéia de viagem, compreendendo a ida em si e o alcance de determinado ponto, e a idéia de integração que corre em dois planos interconectados, o cósmico e o social.

Essas idéias foram disseminadas por toda a obra de Bopp e já se encontravam delineadas antes que o texto em que confluíram, *Cobra Norato*, se definisse completamente. Neste sentido, é fundamental a intercalação, nessa reunião completa, do texto "Como se vai de São Paulo a Curitiba". Juntamente com quatro poemas, quase no fim de "Versos antigos" ("No Amazonas", "Cidade selvagem", "Mãe-febre" e "Pântano"), ele coloca os fundamentos da poética mítica que explodirá em *Cobra Norato*, inclusive em termos de linguagem, exceto o humor que penetraria o texto maior de Bopp e nele teria uma função crucial.

Em "No Amazonas", o sujeito do poema morde "a nuca das grandes árvores", como num rito iniciático, para o grande encontro mítico, o tema final da integração em que "a selva é a grande oficina onde se forjam as estrelas". Veja-se a imagem já "noratiana": "E a água [outro elemento mítico] cresce, arrastando-se como uma enorme aranha pelo chão". Nos outros textos, a profusão metafórica já prevê o que virá depois na grande viagem. Quando se sai desses textos e se entra em "Como se vai de São

Paulo a Curitiba", a impressão é a de um corte abrupto da linguagem metafórica para uma linguagem mais realista e denotativa, de puras anotações casuais. No entanto, a narrativa já traz consigo alguns indícios que parecem preceder o salto mítico: o tema da "viagem" é plenamente explicitado, insinua-se já a estrutura dialógica que se afirmará depois e desemboca-se num final-sem-fim, em que as imagens reais já se tornam mágicas, ao entrar-se pela "arquitetura soturna do mato" onde "Vaga-lumes beliscam as sombras" e "Árvores, em trajes apressados, bisbilham e espiam da pontinha dos pés". Não parece, já, a linguagem "noratiana"? É hora de parar. De fato, o herói interrompe a viagem e "cai[o] pelos cobertores, com os olhos amassados de sono". Não é bem uma viagem mítica, mas quase, interrompida pelo sono, que é real. Esta viagem será realmente o substrato de *Cobra Norato*. Mas, como a trama mítica é escassa, a narrativa se parece mais com uma aventura da linguagem poética do que com outra coisa qualquer. Como a trama se insere mais no plano do maravilhoso, em que a antropomorfização é lei natural e a metamorfose, a tática espontânea de integração, o texto nos transmite de imediato a idéia de que a ficção poética pode tudo. A isso corresponde, mais ou menos, a "pele elástica" que o organizador, Massi, vê como a estratégia de abrangência poética por excelência. Esta inclui, é claro, o jogo lingüístico, um excesso metafórico e metamórfico que insere o poema num labirinto pós-barroco de imagens. Tudo resultado de uma *bricolage* superior, segundo ainda o organizador e outros. Em suma, não é um fluxo do inconsciente (como seria o da técnica surrealista), mas, ao contrário, uma hiperbólica valoração da linguagem do consciente.

Cobra Norato é uma espécie de montagem hiperpoética que, caso se transformasse numa máquina de invenção imagística para a continuidade da criação poética posterior, poderia se transformar num cacoete lingüístico muito pouco digerível, como sucede em certos casos. A pouca digeribilidade resultaria de que a sucessão sem-fim de imagens de seres antropomorfizados e de infinitivos em diminutivos transmitiria fatalmente a idéia de infantilização sentimental da linguagem. Não é isso cortado pelo humor, que é um elemento relativizador por excelência? Advertenos que o jogo tem um fim. *Cobra Norato* é um universo fechado em si, é um poema do maravilhoso, dialógico, polifônico (Massi *dixit*) e sem pretensões. Por isso não é épico, como alguns querem, pois nele não há ações heróicas e conflitos externos, conforme as hipóteses clássicas do épico, aristotélica ou hegeliana.

Urucungo não é uma continuidade lingüística nem semântica de *Cobra Norato*, mas coisa diversa. Nesse conjunto persiste o elemento mítico, sobretudo o objetivo de integração do homem negro no seu próprio cosmos, a consciência das suas origens, e ao mesmo tempo emerge fortemente o aspecto social do tema da negritude. A poesia de Bopp se declara política no sentido amplo. Em alguns poemas, a realidade da opressão & submissão emerge sob uma luz cruel, como na surpresa contundente (pela violência narrativa) de "Dona Chica", mas também em "Negro" e "Serra do Balalão", ou ainda na violência verbal do refrão "negra boba", de "Mucama", e outras sugestões. Enfim, afastamo-nos aqui da submersão nas águas míticas da poética noratiana, com as associações folclórico-míticas/mário-andradinas-macunaímicas, e emergem as variantes sociopolíticas, oswaldianas. Também se espelha nos poemas outra variante importante, a erótico-étnica (também dispersa na poesia negra de Jorge de Lima), sendo o aspecto erotismo *versus* repressão mais claramente detonado em "Dona Chica".

Com *Urucungo* se tornam mais claros ainda os processos modernos da poesia boppiana, da evolução do *sermo nobilis* na direção da mistura coloquial lingüística aos recursos da linguagem dialógica e da polifonia verbal, e da alternância dos discursos direto e indireto à dissolução dos limites entre humor, ironia e discurso crítico.

Se até *Urucungo* ainda se pode discernir uma direção evolutiva na poética boppiana, por etapas sucessivas, essa linearidade se dissolve nos conjuntos "Poemas brasileiros", "Diábolus" e "Parapoemas", em que a cronologia enlouquece, e as camadas sígnicas e processos lingüísticos se superpõem. Dos "Poemas brasileiros" se pode dizer que são uma síntese dos momentos anteriores das linguagens noratiana (mítico-indígena) e urucunguiana (mítico-negra-social). Participam desses dois climas poético-linguísticos em contextos similares mas épocas diversas. Pendem, porém, mais para o vetor sociopolítico do que para o vetor mítico, o que significa que o direcionamento urucunguiano venceu na linguagem boppiana. Suas ambições "épicas" se limitaram a resumos como em "Princípio" (vetor mítico), "História" (vetor histórico ou sociopolítico), e "Mironga" e "História do Brasil em quadrinhos" (sínteses dos dois vetores). O conjunto "Diábolus", porém, embora ainda devendo à linguagem urucunguiana, nos transporta a uma dimensão histórico-político mais maleável. "Estos Diábolus", uma maravilha erótico-paródica, tal como "Coco" fora uma maravilha erótico-sentimental, nos transporta para um clima de absoluta liberdade lingüística, que pode parecer posterior, mas é, surpreendentemente, contemporâneo dos poemas de *Urucungo*. São processos simultâneos e independentes entre si.

Ainda haveria muito a dizer do curioso ziguezague lingüístico de Raul Bopp, cuja consciência de linguagem se torna claríssima pelo exercício comparativo das diversas versões dos seus poemas, um presente crítico de Augusto Massi nesta edição da *Poesia completa* do poeta. Qualquer imagem *naïve* do autor que ainda perdurasse aqui se dissolve à luz da leitura detalhista do processo, o que se transforma em rara lição crítica.

João Cabral e a ironia icônica

Em João Cabral de Melo Neto, nem a ironia, nem o humor puro são dominantes. Mas a ironia foi se afirmando na maturidade, como um viés marcante pela "agudeza" conceptista. Humor *versus* ironia: se não antípodas, são linhas paralelas que não se encontram. Gilles Deleuze, na *Logique du sens*, ao analisar a obra de Lewis Carroll, estabelece uma diferença entre essas formas de manifestação. O humor seria uma "arte da superfície", enquanto o que ele chama de a "velha ironia" seria uma "arte da profundidade". Para o filósofo, essas categorias antepostas seriam movimentos que se contradizem quanto a sua direcionalidade. O humor não parece ter uma direção certa quanto ao seu objetivo e ele se coloca no nível de superfície da linguagem, com um caráter lúdico. A narrativa carrolliana dos livros de Alice, por exemplo, se resumiria numa "viagem" em direção à superfície, ou seja, a bidimensionalidade, que é a linguagem enquanto tal, e é um fim que se basta. Ignora, assim, a "profundidade", que seria representada, por exemplo, por um objetivo qualquer: a investigação filosófica do sentido, o posicionamento ético diante do real. O humor, conclui-se, é primo germano da arte: o inútil aproxima as duas manifestações por uma qualidade negativa: não ser contra nada, ser *per se*. O *nonsense* dos *limericks* é exemplo disso. Ao contrário do humor, a "velha ironia" se exprime por um direcionamento bem determinado, quer atingir um alvo específico e tem um conteúdo crítico.

Em resumo, a ironia é uma forma de compromisso com a realidade, ainda que adquira disfarces, pois ironizar significa dizer algo indiretamente. Trata-se de um paradoxo o fato de que, com uma direção específica, a ironia siga por uma via indireta de afirmação, mas este é um modo de se apropriar de uma propriedade do humor, que é a gratuidade. Em aparência, apenas. Existe um fim demolidor nessas manifestações. A paródia e a sátira são gêneros irônico-críticos. Os mestres da ironia, da sátira e da paródia foram críticos de uma forma de realidade, como Aristófanes, Erasmo, Swift, Molière e Quevedo, por exemplo. Mas Sterne (em *Tristram Shandy*), Lewis Carroll, Edward Lear etc. eram humoristas. São famílias distintas. Há autores, porém, que pertencem às duas. A poesia erótico-satírica de Marcial é exemplo de sátira com imagens extravagantes, como a do tipo que tem nariz tão comprido que pode cheirar o próprio membro. Isso é o puro *nonsense* burlesco. Evidentemente não se multiplicam as manifestações "puras" de humor ou de ironia, mas de um modo genérico podem ser citados, como gêneros de humor o chiste, o *wit* e o *nonsense*, e como gêneros irônicos manifestações como a ironia em si, a sátira e a paródia. As primeiras tendendo para o jogo descompromissado. E as últimas para uma crítica da realidade, e, portanto, um compromisso.

João Cabral é tudo, menos "sem compromisso". Os escritores irônico-críticos (tal como artistas visuais [Goya, Hogarth, Daumier, Grosz]) tendem a ser políticos ou no mínimo críticos de costumes. Isto é, têm uma visão, quando não claramente política, compromissada com a realidade. No caso de Cabral, pode-se falar de um compromisso ético de ordem muito genérica. Essa ética é a da atividade contra a passividade, a do espírito crítico contra o conformismo, da escolha do difícil contra a entrega ao fácil, em suma, do domínio da vontade intelectual sobre os impulsos da emocionalidade. Há ainda os interesses éticos particulares, ou políticos no amplo sentido, e muitos de ordem puramente idiossincrática, como suas aversões privilegiadas, que se transcrevem em geral como antiescolhas estéticas. Por tudo isso, sua opção é a ironia, não o humor, que comparece mais em seu aspecto de negatividade suicida, de humor negro, como em *Os três mal-amados* na fala obsessiva de Joaquim, o suicida. O humor negro é uma herança drummondiana, ainda em "Os primos", e muriliana nos apodos-paradoxos de "manequins corcundas" e de "cantora muda", nos primeiros livros. Já em "Antiode", a linha irônica se define "contra a poesia dita profunda", *leitmotiv* que reemergirá depois em "Retrato de poeta" (*Museu de tudo*). Ironia lingüística contra certa concepção poética, a das "mil maneiras/ de excitar/ negros êxtases (...)". No "negro" *O cão sem plumas*, ela se faz mais agressiva, mais sarcasmo do que ironia, ao falar das "salas de jantar pernambucanas" onde "as grandes famílias espirituais" da cidade "chocam os ovos gordos/ da sua prosa". Aí gritam os ós:

chÓcam os ÓvOs gordos
da sua prÓsa

O processo é o de isomorfismo fônico/ideológico. Note-se que os Óvos que chÓcam contrastam com o adjetivo neutro, foneticamente, gÔrdOs. Aqui, excepcionalmente, e talvez de propósito, o plural tem um som fechado, contrariamente à regra, como em mÔrto e mÓrtos, por exemplo. Similarmente, para ainda ficarmos na camada fônica da estrutura do verso, em *O rio*, o poeta fala da "história doméstica/ que estuda para descobrir, nestes dias,/ como se palitava/ os dentes nesta freguesia", em que a imagem dos "dentes" mordem a placidez da "história doméstica". Notem-se os aspectos fonéticos:

históRia domÉstica
hISTória domÉSTIca
que ESTuda para dESCobrir
nESTes dIAS
como se palitÁva os dÉNtes
NEsta fregueSIA

A sucessão de IST, éSTI, EST, dESC, EST não dará a sensação de mastigação? Note-se que o efeito anagramático de IST e STI, que é depois "rimado" (rima toante) em dIAS e fregueSIA. E, enfim, a incidência das oclusivas linguodentais, o t (surda) e o d (sonora), que percorrem todo o trecho. Nesses primeiros exemplos de ironia incidental, ela irrompe de maneira incisiva na camada fônica dos versos. Possivelmente, a própria incidentalidade pode ter colaborado para que a prática poética se tornasse tal nesses momentos. Os efeitos funcionam como destaque no conjunto. O poeta chama a atenção para a ironia, ela deve atingir o seu alvo com a maior contundência possível e sair da fluidez (o rio) do poema, que tem o ritmo prósico proposital.

Aqui é preciso parar e pensar no fato de que o poeta fez uma escolha que, parecendo incidental, como se pode inferir da visão do trecho acima, termina por se tornar uma diretriz na sua poesia irônica (tendendo para o sarcástico). Isto é, a ironia crítica nele se manifestará privilegiadamente no nível da linguagem e de seus aspectos mais lúdicos/icônicos. Se é uma manifestação da "velha" ironia, às vezes utilizando elementos satíricos/paródicos, ela emerge da sua "profundidade" crítica para a superfície da linguagem e o seu caráter de jogo. Posteriormente, em *Dois parlamentos*, a ironia não é ocasional, mas estrutural. Nos dois textos, "Congresso no polígono das secas" e "Festa na Casa Grande", são criadas duas opções de leitura: contínua (a ordem numérica) e descontínua (seqüência dos blocos nas páginas). Só essa proposta, por si, é irônica, para João Alexandre Barbosa (*A imitação da forma*), pois reitera o mesmo discurso negativo. A imitação da linguagem é satírica: os discursos criticam "de cima" a realidade ("cemitérios gerais", nº 1, e "o cassaco de engenho", nº 2 que, de volta, pelo seu impacto, critica esse discurso. Seria a "ironia lingüística" mais estruturada do gênio construtivo dessa obra. Mas, pela intensidade, é em *Serial* e em *A educação pela pedra* que se vêem os momentos mais emblemáticos dela.

Em "Generaciones y semblanzas", ela alfineta a pose meditativa ("couves meditabundas") de certa poética; a retórica oca ("expressão estentórica", "caldeira fisiológica"); a prática intempestiva ("aos trancos entre as coisas") e a linguagem da insídia ("o parasita simples/ e o de alma insidiosa"). A insídia faz-se icônica, manhosa e fanhosa dentro do verso:

> Há gENte que se INfiltra
> dENtro de outra, e aí mora,
> vivENdo do que filtra
> sEM voltar para fora.

> É coisa cOMplicada
> dizer, pelas mANobras,
> o parasita sIMples,
> e o de alma INsidiosa;

> e igual a habilidade
> de IMiscuir-se, UNtuosa,
> e de coar pelos poros
> sua natureza osmótica.

Vê-se a insídia insinuar-se nas sucessivas sonoridades anasaladas (destaques no trecho são nossos). A iconicidade é uma dominante nesses poemas. Assim, no "Velório de um comendador", um caixão é comparado sucessivamente a um carro e a um barco, um modelo de carro que "não tem roda", em que o comendador-mercador se torna mercadoria, ironia resolvida numa figura de linguagem freqüente nessa poética, o oximoro. Em "Sobre o sentar-/ estar-no-mundo", o título reflete, pela imagem do "sentar", situações antagônicas de "estar-no-mundo" entre os que "sentam poltrona" e os que "sentam bancos ferrenhos, de colégio", ou seja, entre a acomodação e o desconforto existencial. A imagem do "sentar" se une à do "comendador" (um emblema de classe) em "Comendadores jantando". "Sentar", "assentar" e "fundo" se montam em "fundassentados", um *mot-valise* irônico. Portanto, a imagem de acomodação diante de "questões pré-cozidas" resolve-se lingüisticamente, e se reitera e se radicaliza no complementar "Duas fases do jantar dos comendadores". Nesta fase, que vai do auge "clássico" do poeta até o momento mais obsessivo da sua poética de "estruturação", que é *A educação pela pedra*, a ironia atua através de desdobramentos imagéticos. As imagens se sucedem e se relacionam, e vão sendo criados protótipos como a imagem do "comendador". São personagens ficcionais, mas que não deixam de se relacionar com o "contexto" em que o poeta se situa, dentro do seu próprio irônico "estar-no-mundo", essa expressão mesma sendo paródica de um modismo lingüístico-filosófico da época. Porém às vezes a ironia transborda, desta vez em humor e não em sarcasmo, como na imagem esdrúxula de um "urubu mobilizado" que é comparado a um circunspecto profissional.

Vê-se, pela exposição desses processos, que a obra de João Cabral é atravessada pelas referências cruzadas. Exemplo do fio lógico que conecta os diversos momentos da obra de JC são certas reiterações. Assim, a escatologia (excremental) interliga momentos tão diversos quanto os de "Antiode" ("Poesia, te escrevo/ agora: fezes, as/ fezes vivas que és."), de "Imitação de Cícero Dias", em *A escola das facas* ("um inventado cometa: o Merda."), de "Retrato de poeta" ("Pois tal meditabúndia/ certo há de ser escrita/ a partir de latrinas/ e diarréias propícias.") em *Museu de tudo*, e de "As latrinas do Colégio Marista do Recife", "Teologia marista" ("frades em volta da mesa/ bebem a urina voltairiana/ como uma honesta cerveja.") e "España en el corazón" em *Agrestes*. E, mesmo quando a referência não é direta, ela se apresenta por efeito de contaminação semântica, como em "Generaciones y semblanzas", onde emerge uma "oculta/ caldeira fisiológica", em que os discursos ocos dos parlamentos se revolvem e fermentam:

> (e que os tocam de dentro:
> a saber, suas cólicas,
> sua grandeza por tê-las
> e a grandeza de todas)

As evocações escatológicas são o auge do maldizer cabralino. Elas tornam mais áspera a ironia, que se faz sarcasmo, por onde a poética cabralina se afina com a mais célebre poética do maldizer no Brasil, a de Gregório de Matos, tendo como ponte entre as duas a poética quevediana, definidamente presa ao jogo conceptista. Se a poética cabralina é geralmente uma poética contra, nesses poemas a virulência transborda do sentido irônico, ao investir contra as *bêtes noires* do poeta. Em "Retrato de poeta", por exemplo, é a "poesia/ meditabunda que/ se quer filosofia", uma glosa do mote "(contra a poesia dita profunda)" de "Antiode". Esta notável referência cruzada entre dois textos, dissimilares quanto à composição mas profundamente similares quanto à intencionalidade, revela como a obsessiva "ética estética" do poeta insiste em se expressar por um mesmo viés irônico/icônico. Senão, veja-se o efeito destes versos:

> Delicado, evitava
> o estrume do poema
> seu caule, seu ovário,
> suas intestinações.
>
> Esperava as puras,
> transparentes florações,
> nascidas do ar, no ar,
> como as brisas.
> (...)
> O dia? Árido.
> Venha, então, a noite,
> o sono. Venha,
> por isso, a flor.
>
> Venha, mais fácil e
> portátil na memória,
> o poema, flor no
> colete da lembrança.
> (...)

As imagens fazem a crítica da poética que emerge "mais fácil" e o louvor do trabalho interior no poema ("suas intestinações"). "Antiode" é de 1947 e o livro *Museu de tudo*, onde se encontra "Retrato de poeta", é de 1975, isto é, vinte e oito anos depois. Veja-se a íntegra do poema:

O poeta de que contou Burgess,
que só escrevia na latriINa,
quando sua obra lhe saía
por debaixo como por cIMa,
volta sempre à lembrANça
quando em frENte à poesia
meditabUNnda que
se quer filosofia,
mas que sem a coragem e o rigor
de ser UMa ou outra, joga e hesita,
ou não hesita e apENas joga
com o fácil, como vigarista.
Pois tal meditabÚNdia
certo há de ser escrita
a partir de latrINas
e diarréias propícias.

Pode até ser casual a sucessão de sons em IN, IM, AN, EN, UN, UM, EN, ÚN, IN, mas não estariam associados ironicamente ao som estridente de laTRINa? Pode-se observar, é claro, que a imagem escatológica preenche funções diferentes em "Antiode" e em "Retrato do poeta". Certamente tal imagem assume sinais diversos nos poemas de toda obra cabralina em que ela emerge. Assim, no final de "Antiode" a imagem escatológica assume um sinal positivo, enquanto em "Generaciones y semblanzas" e em "Retrato de poeta" assume um sinal negativo. Em "Imitação de Cícero Dias" volta a assumir um sinal positivo, pois o "inventado cometa, o Merda" é uma metáfora do inconformismo agressivo, dentro da óptica "messiânica/ pernambucânica" do poeta. Nos dois poemas gêmeos de *Agrestes*, "As latrinas do Colégio Marista do Recife" e "Teologia marista", a imagem escatológica assume um sinal ambíguo, negativo-positivo, mas em "España en el corazón" ele é decididamente positivo, pois opõe a uma visão sentimental da Espanha (a de "España en el corazón", de Neruda) uma visão mais crua, ao dizer que "A Espanha é coisa dessa tripa/ (digo alto ou baixo?), do colhão". Contudo, sejam quais forem os sinais, positivo ou negativo, a imagem escatológica tem sempre um sentido crítico, e sob o sentido crítico o posicionamento ético/estético do poeta. Assim é que tanto em "Antiode" como em "Retrato de poeta" o que se combate (ou se exorciza) é a estética da facilidade, paralelizada com a ética da acomodação. Se toda a poética cabralina é perpassada pelas referências cruzadas e pela similaridade das imagens, é porque elas são reveladoras de um perfil ideológico do poeta. Quando se contesta seu ideário estético, necessariamente se confronta sua ideologia, que paraleliza rigor estético e rigor ético. Seria preciso que um imaginário contestador indagasse o que seriam a "coragem" e o "rigor", exigidos pelo poeta nesse fascinante texto, como categorias. Decerto, à parte qualquer *parti pris* em torno dessa questão, uma visão neutra concluiria que tais exigências seriam insuficientes para compor uma obra tão brilhante como a dele, sendo a criação poética indiferente à primeira (a coragem, que tem uma conotação ética) e tendo, para o rigor poético, um outro parâmetro que o rigor filosófico. Seria difícil definir o rigor poético. Melhor falar de inventividade, o que sempre sobrou na obra desse poeta.

    Não houve como expor aqui todos os aspectos da ironia cabralina, nem sequer como desenvolver suficientemente os expostos, por múltiplas limitações de espaço e de tempo. Também há momentos de humor puro (sem ironia) na obra do poeta. Por exemplo, na obra posterior a *Agrestes* encontram-se, em *Crime na Calle Relator*, deliciosos relatos de "causos", puramente humorísticos. Mas isso é outro capítulo.

João Cabral e a tripa

Com a morte de João Cabral de Melo Neto vale lembrar o célebre dito rilkiano de que "A fama é a soma de todos os equívocos em torno de alguém". Talvez Rilke pensasse em si mesmo ou em todos os poetas. Os quais, julgou outro poeta (Octavio Paz), não deveriam ficar famosos, mas permanecerem em suas criptas: a identidade vampírica dos poetas, uma idéia romântica. João Cabral nem era rilkiano (exceto na admiração pelos *Novos poemas*, tal como sucede, também, a Augusto de Campos, que traduziu, com grande precisão, vários dos *Neue Gedichte*), nem, muito menos, octaviano. E preferiu, todos sabem, a solaridade à obscuridade; a fala ao silêncio místico; e a concreção da linguagem às abstrações transcendentais.

Ao morrer, emergiram todos os truísmos em torno de sua obra (rigor, cálculo, cerebralismo) e até um truísmo genérico de um comentador ocasional, o de que fosse um poeta "espiritual". Mas como se pode ser um artista e não ter espiritualidade? Sem que isso se confunda com religiosidade. A disjunção entre os dois termos é questão de rigor lingüístico. O jogo da linguagem poética é, em si, o jogo do espírito em seu aspecto lúdico, concreto e imanente, nada tendo isso a ver com religiosidade. Quanto ao truísmo do jogo poético cerebrino (como se algum outro órgão tivesse algo a ver), é preciso destruí-lo a partir de dentro do próprio *corpus* poético do autor. É lembrável o seu jogo de linguagem com uma metáfora "poética", a do coração, em "España en el corazón" (apropriação irônica do "pouco ibérico Neruda"), em *Agrestes*. À idéia de coração como metáfora, o poeta opõe a idéia do órgão físico, e à esta idéia opõe uma "outra tripa", a do colhão, para falar da Espanha como entidade não-sentimental, mas visceral.

Cabral operou por similaridades e antíteses, e é sua obra, ela mesma, enquanto materialidade lingüística, um excêntrico oximoro poético. Antes de tudo por operar através de *tropos* da tradição poética, sem negar princípios como a medida e a rima assonante, que tirou da cultura ibérica clássica. E também por, através de meios tradicionais, insidiá-los por meio de imagens nada convencionais, e por uma sintaxe não-fluente, e sim entrecortada, entredentes. Como ser ao mesmo tempo tradicionalista e "fundassentado" (imagem dele mesmo, de assento profundo e acolchoado, referindo-se aos emblemáticos "comendadores") e inconformista? Pois assim foi o inconformista que optou pela tradição clássica. Poemas testemunham que o poeta não está tão do lado da lei e da ordem como se poderia supor estar um tradicionalista; ao acaso, lembremos o poema, também de *Agrestes*, em que se evoca a metáfora católica tradicional do inferno, o "Conversa de sevilhana". De uma aparente simplicidade linear, o poema joga com idéias antitéticas. Os hipotéticos interlocutores (poeta e sevilhana) misturam, adulteramente, amantes "desabençoados dos padres" (o "nós" do poema) e os choferes de táxi, a polícia, os porteiros e "os que estão atrás dos guichês", isto é, controlados e controladores, numa confusão vaudevilesca, que termina numa conclusão genérica: os que controlam qualquer coisa e os que fazem do controle autoridade, todos vão para o inferno cabraliano, mais chistoso do que o de Dante:

Se vamos todos para o inferno:
e é fácil dizer quem vai antes:
nus, lado a lado, nesta cama,
lá vamos, primeiro que Dante.

Eu sei bem quem vai para o inferno:
primeiro, nós dois, nesses trajes,
que ninguém nunca abençoou,
nós, desabençoados dos padres.

Depois de nós dois, para o inferno
vão todos os *chauffeurs* de táxi,
que embora pagos nos conduzem
de pé atrás, contra a vontade;

depois, a polícia, os porteiros,
os que estão atrás dos guichês,
quem, controlando qualquer coisa
do controlado faz-se ver;

depois, irão esses que fazem
do que é controle, autoridade,
os que batem com o pé no chão,
os que "sabe quem sou? não sabe?"

Enfim, quem manda vai primeiro,
vai de cabeça, vai direto.
talvez precise de sargentos
a ordem-unida que há no inferno.

Sem dúvida há um efeito cômico na mistura dos que detêm
o poder da autoridade, ou seja, dos que mandam. Mas a idéia

popular de controle é coerente com a simplicidade aparente do jogo poético cabralino. Assenta-se perfeitamente à idéia de tripa, de visceralidade, que percorre toda a sua obra. Por isso, nela parece central o cruzamento entre Pernambuco e Andaluzia, regiões não só do coração, mas de "outras tripas". É uma poética decidida do "baixo-ventre". Sob esse ângulo, a insistência em se destacar o cálculo e a racionalidade na poesia de João Cabral pode acabar ignorando outro aspecto importante dessa poética, que é a sua opção — que não é só "racional", mas emocional — pelo que é visceral, pelo que é tripa e não metáfora poética, por algo rústico que reside mais na idéia nuclear da cabra que resiste do que nas medidas arquitetônicas da construção poética. Coube ao poeta resolver essas contradições, e disso resultou o seu oxímoro poético.

De prosa e de crítica

O observador privilegiado

Revela-se aos poucos o espólio intelectual peculiar de Alexandre Eulálio, através de publicações *post-mortem*, entre as quais o substancial *Livro involuntário* (Editora UFRJ, 1993), seleção de Carlos Augusto Calil e Maria Eugenia Boaventura. Exemplarmente, os organizadores não só souberam editar os textos com extrema responsabilidade, como realizaram uma inteligente classificação do material disperso, surpreendendo, assim, uma ordem secreta na aparente aleatoriedade dos múltiplos interesses eulalianos. Com o subtítulo de "Literatura, história, matéria & memória", as oito partes são precedidas pelo texto "A imaginação do passado" e complementadas por posfácio, nota biográfica de Alexandre Eulálio, nota sobre os organizadores, agradecimentos e índices bibliográfico, onomástico e das obras citadas. Talvez homenagem ao espírito meticuloso do autor. No obsessivo fascinado por detalhes, distingue-se o mestre de um método oculto. É o que se revela em "A imaginação do passado".

Defensor da "organicidade subterrânea do ensaísmo crítico" de escritos ocasionais, nem por isso Alexandre Eulálio contrapõe a escrita de caráter aleatório ao que chega a chamar de "nobre gueto universitário", para ele uma "oposição maniqueísta". Defende mediações: "A crítica literária brasileira só existirá de maneira não-episódica quando decorrer de um pensamento ensaístico englobante, essencialmente interpretativo". Defende ainda que análise formal e interpretação histórica "se defrontem numa instância dialógica cheia de intensidade, e que assim anule provisoriamente os feixes de intersecção de diacronia e sincronia". É contra "generalizações pseudo-englobantes" e exige claramente um "referenciamento objetivo" e um "aparato filológico", como corolário: "A abrangência da história intelectual como história das formas é antes de mais nada história das idéias". Alexandre Eulálio pede, assim, a interpenetração teórica enquanto método e a "instrumentalização de saberes complementares (...) para a operação hermenêutica". Uma "utopia crítica"? Mas define, com precisão semântica, o que lhe parece ser o perfil ideal do crítico.

Desenha-se uma visão genérica dos interesses de Alexandre Eulálio através das várias partes que compõem a publicação. "Crônicas do Brasil" vai da cidade que se tornou a sede da corte imperial, o Rio de Janeiro, até a província mais interior do Brasil, Diamantina, em Minas. Parte do começo dos começos, a carta de Pero Vaz de Caminha, que é para o país o que é o Gênese para a história bíblica. Centra o foco na curiosidade de Caminha. Fala-nos do seu "cineolho" e refere-se àquela intuição documental como a de um "Flaherty quinhentista". A aproximação entre Pero Vaz de Caminha e Robert Flaherty (pai da escola documental no cinema) opera um deslocamento metonímico: Caminha se transporta para o nosso tempo. Em "Convivência no Rio de Janeiro", desloca-se para o mito-linguagem, a partir da mitologia do "brasileiro cordial" e do "cordialíssimo" carioca, a sua ginga e sua fala gênero "legal", "vou te contar" etc. São dois séculos do Rio de Janeiro antes de ser a corte, história de tantos conflitos, até a chegada de Gomes Freire, o futuro conde de Bobadela. Em 1763, com a transferência do vice-reinado, começa a "outra história" do Rio de Janeiro. Fechando o ciclo, vem uma das grandes paixões de Alexandre Eulálio, *Minha vida de menina*, de Helena Morley. No livro da "inglesinha" (neta de inglês), Alexandre Eulálio — que lembra não só Anne Frank, a condessa de Ségur, o *Tom Sawyer*, de Mark Twain, e o *Cuore*, de De Amicis, como ainda (com exagero) Chaucer e Tchekhov — vê um "interesse sociológico" que revelaria uma crítica ao ambiente: "Não traduzisse essa lucidez a coexistência de dois mundos culturais divergentes [o britânico, protestante-liberal, e o ibérico-católico, mal saído do regime de trabalho escravo] que se contemplam e se julgam no interior de um eu tornado harmonioso pelo equilíbrio mesmo das suas contradições". É o "pequeno mundo antigo". Retiram-se lições críticas de uma evocação descritiva idílica. Eis um dos valores eulalianos.

"Desejo de história" inicia-se com "Retrato de Tiradentes", uma crítica comparativa dos vários "retratos" do personagem, para fixar, no final, uma "lição" que diferencia o heroísmo oficializado, impiedosamente desmistificado pelo realismo histórico-documental, do heroísmo particularizado, a "tragédia individual do homem", que seria "ainda mais imponente dentro de suas limitações". Em "O pobre, porque é pobre, pague tudo", título tirado das *Cartas chilenas*, as circunstâncias do período colonial ali referido se tornam, para a nossa visão atual, a história rediviva pela "paixão da escrita", em que se vê envolvido o crítico. E, em "As páginas do ano de 2000", a história parece mesmo tornar-se ficção, mas ficção crítica. Joaquim Felício dos Santos as escreveu como um folhetim para o oposicionista *O Jequitinhonha*, "quase sobre o joelho". Seria "uma das mais violentas sátiras escritas no reinado de Pedro II". Com absoluta isenção quanto ao prisma ideológico, dissociam-se valores crítico-literários de valores puramente históricos, sem que isso implique um juízo de valor pessoal. Quando é um personagem mais próximo, "Paulo Prado: Retrato do Brasil", a isenção eulaliana se emaranha ainda em maior complexidade. O personagem em questão reúne em si imagens pouco conciliáveis de apaixonado da pesquisa histórica e entusiasta de movimentos artístico-literários modernos como o dos que agitaram a Semana de Arte Moderna. Mais do que respostas, é a "próspera sementeira de questões e problemas" um valor em si mesmo. O que interessa são as perguntas.

"Matéria & memória" recolhe textos de uma coluna de apenas três meses em *O Globo* (1965). O título evoca o homônimo do filósofo Bergson. É "matéria filtrada pela memória", passando pelo filtro proustiano, para o qual se inclinaria mais o autor. Por aí tudo passa: um "Júlio Torri, lacônico", em que se expressa a admiração pelo irônico estilista mexicano e seus aforismos satíricos, notas de leitura, poemas em prosa etc., identificando aquele autor com a linha machadiana; o louvor de Bocage, ou de vários Bocages, o "feroz e intratável" da infância, o "herói sem nenhum caráter" — Gilgamesh, Eulenspiegel, Macunaíma —, o "personagem perseguido pelo destino" da adolescência e, enfim o Bocage maduro, o da "escrita apaixonada ou impertinente do discurso"; as admirações ainda envolvem obras de autores como Artur Azevedo, da revista teatral *O Tribofe*, "óculo de alcance" de um "observador privilegiado". Ganha destaque a nota sobre Thomas de Quincey e seu *Confessions of an english opium-eater*. Por breve que seja, revela o apego às "pesquisas de um imaginário em liberdade" em contraposição a preconceitos do próprio de Quincey e convenções da época. Ao seu rigor crítico não escaparam, na edição brasileira, tratantices como supressões, alterações etc. Alexandre é pela veracidade textual, sempre. A seção "Talento maior", no centro do livro, revela um Alexandre talvez inesperado para quem não o conhecesse, voltado para questões interpretativas genéricas.

Em *Noble Brutus*, o que importa é "o dilema psicológico entre o homem privado e o público", e a "conciliação do conceito 'novo' de liberdade (...) com o conceito grego de predestinação", ou ainda a "possibilidade de tudo fazer", em que Alexandre Eulálio vê "a grande contribuição de Shakespeare ao teatro moderno". Igualmente, em "O *Édipo* de Gide", é essa possibilidade que está no centro da questão da versão arbitrária do Édipo. Há mais, além do Édipo prometéico de Gide, dividido entre a armadilha da predestinação e sua afirmação humana "contra o deus". Mais do que a questão literária do conflito entre liberdade e predestinação, há o conflito real entre submissão e autoridade, simbolizado na luta de Édipo contra Tirésias. Alexandre Eulálio retira, dessa ambigüidade, a lição de que uma solução para um problema proposto é só aquela solução e mais nada. Soluções éticas e estéticas se imbricam, enfim. No breve "Maio em São Cristóvão" o leitor descobre, gratamente, um Alexandre poético. O poeta, na verdade, é Clarice Lispector no conto "Mistério em São Cristóvão", mas o crítico se torna, ao descrevê-lo, uma espécie de co-poeta, ao propor ao leitor que do cotidiano prosaico a autora passa "para o terreno do imprevisível, ante-sala do desconhecido". Para ele, "a imprevista colocação de peças no tabuleiro de xadrez", com "formas e relações violentamente novas", criará o "clima de alucinação" do conto clariciano. A poesia como uma espécie de química verbal. Ou "alquimia do verbo" rimbaudiana. Este amante da poesia é também um amante da história e, mais do que isso, da condição humana. Eis o Tomás Antônio Gonzaga de "Verso e reverso de Gonzaga", em que o homem, com as suas limitações, é um personagem que "acaba por se dobrar perante os acontecimentos que o superam e ultrapassam". E, enfim, o denso retrato de Sérgio Buarque de Holanda em "Antes de tudo escritor": equilíbrio raro de "historiador preciso" e "ensaísta de vôo livre", produto de notável coerência.

"Machado, as mais das vezes" reúne os textos dedicados a um dos seus ídolos. Curiosamente, Alexandre Eulálio escolhe, com "*Esaú e Jacó* em inglês", o viés da visão "de fora", um viés universalista para um Machado que abandonara "os aspectos fundamentalmente éticos dos romances anteriores [*Quincas Borba, Dom Casmurro*], em favor de um realismo simbólico, que tinha raiz na fria maravilha que é o *Brás Cubas*". Em "Espiral ascendente", Alexandre Eulálio prossegue o viés oblíquo ao expor a visão de Jean-Michel Massa da formação jovem do autor, nela vendo "transmutações (...) pouco perceptíveis a olho nu". Em contraste com a pesquisa crítica de *La jeunesse de Machado de Assis*, estão os quatro volumes da *Vida e obra de Machado de Assis*, de Raimundo Magalhães Jr., e seu "enorme luxo de minúcias", ou seja, a "lupa faiscante da 'história pequena' (com h minúsculo: *petite histoire*)". Mas é a "Paixão crítica" o que o interessa, ao expor a argúcia de um crítico de fora, o inglês John Gledson em *Machado de Assis: ficção e história*, desvendando no mestre a "intrincada teia de alusões e referências" do discurso ficcional. O breve estudo final, "A estrutura narrativa de Quincas Borba", vê em Machado "uma muito mais radical e duradoura denúncia contra imposturas e mistificações do tempo".

Um Alexandre mais conhecido está em "O amor da província", com sua admiração por figuras representativas em suas épocas, as quais, se não viveram sempre na província, com ela se relacionaram de modo profundo. Destaca-se o sempre louvado Joaquim Felício dos Santos, de cuja cornucópia memorialística — as *Memórias do distrito diamantino da Comarca do Serro Frio* — retira-se uma profusão de referências num texto mais extenso e detalhado. "Notas de uma agenda" será, para certa classe de leitores, uma leitura de mais particular fascínio. Vêem-se evocações sartrianas a propósito de Cruz e Sousa e sua negritude; o encontro do decadentista mineiro

Severiano de Resende com Miguel Ángel Astúrias e sua "prosa (...) impregnada da forma simbolista" e, por tabela, o "encontro" de Astúrias com James Joyce (entrevisto/observado com curiosidade de uma vitrine de livreiro antiquário); o encontro entre Carlos Filipe [Saldanha], criador do personagem "Capitão Fantasma", e uma velhinha "que abominava toda a poesia (*Je la déteste, vraiment je la déteste*)"; as minúcias lingüísticas da *Lição de coisas*, de Carlos Drummond de Andrade, e seu "inventário do atingir o sussurro final do ptyx, arco mallarmaico, alegoria arbitrária (...) de significado ocluso"; o pedido para acentuar a última sílaba de "Caniboswáld", comentário do Oswald canibal de Benedito Nunes, para não confundir Oswáld (de Andrade) e "o assassino indigitado do primeiroKennedy [Lee Ôswald]", mas sim evocar "o tempestuoso herói da Corinne, de Madame de Staël"; e mais outras relações faiscantes, pelo arguto jogo de referências e pelo discretíssimo humor eulaliano. Finalmente, em "Um sentido mais puro" ("Donner un sens plus pur aux mots de la tribu", de Mallarmé), se encontram três textos sobre autores novos (na época) em três gêneros diferentes: a poesia (Maria Ângela Alvim), a prosa de ficção (Ivan Ângelo) e o ensaísmo (Roberto Schwarz). Atento ao que se passava à sua volta, distribui a moderação do seu juízo crítico, a pertinência das referências cruzadas e a sensibilidade alerta para tudo.

Há, em *Livro involuntário*, o que foi um dos melhores valores do autor: a plasticidade mental com que podia passar de uma atmosfera mais densa, a dos estudos históricos, para outra mais leve, de comentários quase poéticos. Uma plasticidade que se adapta ao seu objeto. Às vezes é este objeto mesmo aquilo em que o autor se reflete. Ao falar de inquietações que se transmutavam em situações diversas, a propósito de Paulo Prado ou Sérgio Buarque de Holanda, é de si mesmo que fala. Ao falar, a propósito of Thomas de Quincey, das "pesquisas de um imaginário em liberdade", faz o seu mais adequado retrato. Retrata-se, ainda, naquele provinciano Astúrias, que observa, disfarçadamente, Joyce entrevisto por uma vitrine de antiquário. Meticulosa "lupa faiscante" e amplo "óculo de alcance". Numa linguagem tão estrita, esta mente livre parece introduzir, na sua operação crítica, o seu próprio contraditório: como se pode ser igualmente exigente e liberador? Um observador crítico que queria compreender e relativizar tudo, sempre "em processo". Assim, parece querer mais uma crítica desajuizada do que encerrada em seu próprio gueto crítico. A crítica, para Alexandre Eulálio, era a crítica da permanente operação indagatória. O que talvez pareça paradoxal — como a exigência de restrições que impunha ao seu método operatório e o seu paralelo afã de liberdade imaginativa — pode ser a fonte das características mais originais do seu discurso crítico, em que o professor rigoroso é contíguo ao espírito de invenção. É preciso que se diga que Alexandre, além de um fascinado pelo criação ficcional, era ele mesmo um poeta quando se colocava diante de objetos ou personagens de sua escolha. Saindo deste livro, seria o caso de lembrar o poema que dedicou a Murilo Mendes e sobretudo o filme que dedicou ao grande poeta, a sua dedicação entusiasmada à obra e ao personagem de Blaise Cendrars, ou ainda os seus escritos sobre arte.

O projeto gráfico de Carlos Augusto Calil reflete bem esse espírito de curiosidade livre, nada pedante. É um projeto que nos surpreende com mínimos detalhes, tudo sem a menor pretensão, mas com discreto fascínio pelas curiosidades gráficas. A capa, de Calil e Ettore Bottini, com o pormenor de um mapa manuscrito do século XVIII, é também uma sóbria alegoria desse espírito de "descoberta", que é, sem dúvida, um dos mais significativos aspectos da escrita eulaliana, sempre em busca de um "outro" a ser revelado.

Poesia e verdade de Leopardi

As *Operette morali* de Giacomo Leopardi [*Opúsculos morais*, trad. Vilma de Katinsky. Hucitec, 1992] são dessas obras absolutamente inclassificáveis do ponto de vista de gênero literário. Não é possível dizer se estamos diante de uma obra ficcional ou de reflexão, pois participam dos dois universos ao mesmo tempo. São textos reflexivos, mas são também poético-dramáticos, como alguns diálogos platônicos, dos quais é exemplo exuberante "O banquete", o qual, no mínimo, funciona como um texto dramático, com alguns elementos erótico-farsecos, disso escapando só o seu herói central, o virtuoso Sócrates.

Basicamente, dois tipos de textos compõem essa obra peculiar: os dissertativo-narrativos e os dialogais, e a inflexão ficcional ou reflexiva é a tônica dominante ora num ora noutro tipo de texto, sendo que a ficcionalidade domina mais os textos dialogais e a reflexividade, os textos dissertativos-narrativos; o que, a rigor, não é um critério determinante quanto à composição dos textos, fluida e ambivalente. Do mesmo modo, quando a ironia é presente, os limites conceituais tornam-se sobremodo fluidos, a componente satírica tornando difícil, às vezes, a apreensão clara do que se pretende em determinados questionamentos temáticos. Trata-se, portanto, de obra de leitura nada fácil, composta só para o deleite dos *happy few* imaginados por Stendhal.

Pois é esta obra difícil de se ler, com um público-alvo de difícil definição, que foi lançada há pouco numa tradução brasileira, aparentemente a única integral para a língua portuguesa. A tradução do título é correta e adequada, mas assinale-se que existe também o termo "opusculo" em italiano e o poeta talvez tenha preferido a expressão "operette morali" ("obrinhas morais") visando a uma ligeira inflexão de ironia. Isso dito sem a menor restrição à opção da tradutora. De resto, deve-se assinalar que a presente tradução, assinada por Vilma de Katinszky Barreto de Souza, é corretíssima na sua busca não só de uma total fidelidade semântica como de uma tonalidade estilística sóbria em português, sem prejuízo, ao mesmo tempo, da vivacidade característica de alguns textos onde a ironia e mesmo certo humor farsesco se acusam com nitidez.

Haverá quem estranhe que se fale de ironia e humor em Leopardi: os que só o conhecem através dos *Canti* (dos quais há duas traduções completas no Brasil). Pois no poeta Leopardi, exceto num único poema ("Scherzo", isto é, "gracejo" ou "brincadeira", no qual ironiza os descuidos da poética do seu tempo), não há nenhum vestígio disso, sendo ele voltado só para o aspecto "estético-sério" da poesia. Mas o prosador Leopardi, embora mantendo o tempo todo a linha apolínea do estilo, às vezes se aproxima de uma linguagem mais coloquial. A tonalidade irônico-satírica ameniza a dureza diamantina do ceticismo do poeta em textos tão leves quanto "Proposta de prêmios feita pela Academia dos Silógrafos", "A aposta de Prometeu", "Copérnico", "Diálogo de um vendedor de almanaques e de um passante" e, particularmente, o joco-sério "Diálogo de Federico Ruysch e suas múmias", estranhamente compósito, pois é precedido de um lúgubre poema (mas com certo *humour noir* oculto), o

"Coro dos mortos no estúdio de Federico Ruysch", e logo depois iniciado com uma cena farsesca em que o sábio se vê acordado pelo coro das suas múmias, se assusta e enceta um curioso diálogo com os mortos. As *Operette morali*, contudo, estão longe de se caracterizarem por uma visão leve da realidade. Uma corrente crítica central quer ver na obra, composta ao longo de épocas diversas, uma evolução nítida. Leopardi teria partido de uma visão histórica pessimista, pelo que se aproximaria dos "enciclopedistes" e de alguns "moralistes" franceses, (como La Rochefoucauld, por exemplo, na visão cética da natureza humana) para um ceticismo filosófico (e não em relação às ciências, é bom que se diga, sendo ele mesmo um apaixonado dos estudos filológicos ainda mais drástico, deixando vários trabalhos importantes na área, a par do seu trabalho artístico-poético), um materialismo pessimista radical de alcance cosmo-ontológico. Não seria despropositado lembrar o apelo freqüente do poeta às imagens cósmicas, como nos diálogos de "Copérnico", no "Diálogo da Terra e da Lua" ou no "Fragmento apócrifo de Estratão de Lâmpsaco". Esse "pessimismo ontológico" comparece também na visão da natureza não como a "Mãe-Natureza" mas como a "Natureza madrasta" no celebérrimo "Diálogo da natureza e de um islandês" (que alguns críticos supõem ter sido uma das fontes de Machado de Assis na famosa passagem do "delírio" das *Memórias póstumas de Brás Cubas*) ou no "Diálogo da natureza e uma alma", em que a consciência da própria condição é a chave para a explicação da infelicidade humana. Sobre o tema da natureza, será interessante voltar aqui, mais adiante, a propósito das relações entre as *Operette* e o caudaloso inventário de reflexões múltiplas em que se constituiu o *Zibaldone de pensieri*, uma surpresa para todos os pósteros até nossos dias.

A ontologia negativa de Leopardi tem como núcleo não só a insuficiência da natureza humana, sua incapacidade de se sentir completa, como a consciência aguda disso, que se manifesta nos indivíduos mais lúcidos da espécie. Os "diálogos" leopardianos quase sempre opõem dois pensamentos: o que afirma algo e o que nega, ou, numa terceira posição, o que põe algo em dúvida. Ou, em alguns casos, se completam e se superpõem na indagação irônica da realidade, como no "Diálogo de Hércules e Atlas" e no "Diálogo de um duende e de um gnomo". Em geral, porém, um dos dialogantes é informado pelo outro, como no "Diálogo de Malambruno e Farfarello", em que o primeiro é informado pelo último, um demônio, de que a felicidade é impossível, dada a consciência da própria privação dela. Ou aquele em que a Natureza informa ao islandês da falácia da visão antropocêntrica de um universo que "está em perpétuo circuito de produção e de destruição, ambas ligadas entre si, de maneira que cada uma sirva continuamente à outra e à conservação". São exemplos de contraposição semântica os diálogos em que o Metafísico se contrapõe ao Físico, Eleandro a Timandro, Porfírio a Plotino, o Passante ao Vendedor de Almanaques, minidramas que se resumem na contraposição ideológica do negativo ao positivo. A aposta, como em "A aposta de Prometeu", é sempre perdida quando se trata da natureza humana, cuja integridade é sempre posta em dúvida, como no caso da negação da virtude por Maquiavel, o qual propõe os seguintes pares de oposição: "virtude" significa "hipocrisia" ou "debilidade"; "razão", "direito" e similares significam "força"; "bem, felicidade etc. dos súditos" significa "vontade, capricho, vantagem etc. do soberano".

 Afinal, o que propõe Leopardi? Propõe a consciência para os que podem suportá-la, como foi exatamente o caso dos "moralistes" como La Rochefoucauld, para quem "A hipocrisia é a homenagem que o vício presta à virtude", frase modelar que poderia ter sido de Maquiavel, bem anterior ao "moraliste" seiscentista, ou de Leopardi, bem posterior. Ora, essa consciência seria a da própria negatividade. Mas Leopardi prefere isso às ilusões (do ponto de vista filosófico do "moraliste", que ele o foi, centralmente, mas não do ponto de vista existencial ou artístico, em que elas têm um papel fundamental), ainda que as admita como um tipo de ópio social, como no irônico final do "Diálogo de um vendedor de almanaques e um passante". A uma visão sem ilusões da espécie humana, o que opor quando se defronta a consciência crítica com a mais típica das ilusões, que é a da vida futura? Só a complacência final do "passante" (sendo emblemática a metáfora de alguém "de passagem", que reafirma, assim, a provisoriedade da condição humana, embora no estágio superior da consciência crítica da realidade) diante da "mentira vital". Já na "História do gênero humano", na abertura, o autor mostra como a verdade representa a via inversa para a felicidade. Não obstante, é a via "filosófica" proposta pelo poeta, evoluindo desde a consciência histórica crítica até aquela negatividade ontológica exposta na dissertação do "Diálogo da natureza e de um islandês" e dramatizada no célebre "Cântico do galo silvestre". Leopardi deixa só uma brecha para se respirar através dessa visão radical: é o seu "Elogio dos pássaros", que afinal encontra, dentro da natureza, o pássaro cantante, que manifesta sua alegria pelo poder de deslocar-se pelos ares, conseguindo assim subtrair-se àquele *tedium vitae* que a todos submete a natureza.

Seria mesmo tão irredutível o radical materialismo pessimista de Leopardi? Não reconhece no ser humano a capacidade de rir (e daí uma imprevista associação com os pássaros, que "riem" com os seus cantos), e ele mesmo não ri, seja das propostas pseudocientíficas da Academia dos Silógrafos, texto em que se aproxima da modernidade alegórica de um Kafka ou de um Beckett, para lembrar outros dois pessimistas radicais do nosso tempo, sem esquecer Machado de Assis, por ele influenciado, certamente, e conhecido, talvez, através da leitura de Schopenhauer, conforme observou Otto Maria Carpeaux no ensaio "Uma fonte da filosofia de Machado de Assis", do livro *Respostas e perguntas* (1953) ou das falácias do antropocentrismo no diálogo de Copérnico com o Sol (que se recusa a girar em torno da Terra e, diante das hesitações de Copérnico em "descobrir" o heliocentrismo, aconselha-o a dedicar ao papa o livro que escreverá sobre o assunto)? Ou, ainda, das incertezas da glória ("Parini, ou seja, da glória")? O estranho *mélange* admitido entre a incerteza natural da espécie humana e o riso é o mesmo que comparece no "Diálogo de Federico Ruysch e suas múmias", quando a idéia de prazer se mistura com a idéia do desvanecimento final da morte, já que "talvez a maior parte das satisfações humanas consista numa espécie de languidez". Não há dúvida, aqui, sobre a ambivalência da cosmovisão romântica (em que pese o classicismo autoproclamado do lirismo leopardiano), ou, ainda, da visão materialista epicurista, as quais misturam elementos díspares e sugerem o prazer "erótico" da morte.

    Por fim, observe-se que o materialismo extremo de Leopardi o conduz a uma visão estritamente "material" da escrita. Assim ele o diz em "Parini, ou seja, da glória": (...) "considera quanta força de estilo existe na escritura, de cuja virtude, principalmente, e de cuja perfeição depende a perpetuidade das obras que se contam entre as pertencentes ao gênero das belas-letras. E freqüentemente ocorre que se despojares um escrito famoso do seu estilo, cujo valor pensavas que estivesse no conteúdo, tu o reduzirás a tal condição que te parecerá uma obra de ínfimo valor. Ora, a língua é parte tão integrante do estilo, ou melhor, tem tal conjunção com ele, que dificilmente se poderá considerar uma dessas partes separada da outra: por pouco, confundem-se ambas não só nas palavras dos homens mas também na intelecção e mil outras qualidades, valores ou falhas, através da mais sutil e cuidadosa especulação, mal se podem distinguir e assimilar a qual das duas pertençam por serem comuns e indivisíveis". Não sem razão conclui Haroldo de Campos, ao discorrer sobre as reflexões estéticas de Leopardi no *Zibaldone di pensieri* (o extensíssimo conjunto de anotações do poeta, quase uma previsão dos *Cahiers* valéryanos, e, ainda que muito diferentes quanto às concepções, guardando os anotadores alguns pontos em comum, como, por exemplo, a base materialista da visão ontológica, fonte de tantos temas desenvolvidos nas *Operette*) sobre o valor básico atribuído pelo poeta à imaginação não só em relação à criação poética quanto à reflexão filosófica, assinalando a ênfase na descoberta das "relações entre as coisas". E daí se ter a explicação do estilo supremamente híbrido das *Operette morali*, ao mesmo tempo ficção e reflexão filosófica, a poesia e a verdade de um espírito sutil, avesso às etiquetações do espírito acadêmico.

    Seria o caso de se indagar a origem desses resultados híbridos. Seriam mais facilmente identificáveis através de um cotejo entre as *Operette* e as reflexões muito dispersas do *Zibaldone di pensieri*, tarefa que seria fenomenal, pouco possível de ser realizada. Não há dúvida de que guardam uma relação muito profunda, ainda mais quando se sabe que houve publicações das *Operette* acompanhadas da publicação de alguns desses *Pensieri*, cujo fluxo incontido durou quase a vida inteira do autor. Basta que se saiba que a temática dessas reflexões abrange um variadíssimo leque, que inclui questões sobre o amor em geral (no sentido erótico, no da amizade, do amor pátrio, da compaixão, do egoísmo e do amor-próprio etc.); o ânimo humano (caracteres, coragem, idade, mente, tédio ou náusea da vida, paixões, paciência, lembranças, temores etc.); os antigos e os modernos; o belo (a beleza física, o gosto,a relatividade do belo etc.); as aspirações ao infinito; o cristianismo (as mitologias, as religiões); a felicidade e a infelicidade; filosofia e metafísica (deus, imortalidade, infinito, matéria e espírito, relatividade, ciência, sistema); ilusões (eloqüência, imaginação e literaturas); línguas; moral (relações humanas etc.); natureza (natureza e razão, sistema da natureza); sociedades, civilização, nações (barbárie, civilização e natureza, progresso, história); apontamentos poéticos e literários; teoria do prazer; o homem (imperfeições, perfectibilidade, perfeição, desenvolvimento); vitalidade, sensibilidade (imaginação, insensibilidade, vigor etc.). Evidentemente, nem todos os temas, ou melhor, só uma parte pequena deles – pois representam o labor de uma vida inteira, ocupando mais de 3.000 páginas na versão original integral e mais de mil páginas na coletânea de Anna Maria Moroni (Mondadori [1977]) – encontra reflexos nas *Operette morali*, mas basta que se evoque um deles, como a natureza (em particular o subtema que opõe os conceitos de natureza e razão), para que se veja a correspondência entre o *Zibaldone* e as *Operette*. Faz-se óbvia a coerência profunda entre o pensador e o artista paraficcional. Talvez uma edição classificatória (existe?) temática do *Zibaldone* esclarecesse muitas dúvidas que ainda se levantam sobre a arte poética e ficcional de Leopardi.

Para que se tenha uma idéia da complexidade dessas relações, ao citar-se o tema freqüente da oposição natureza & razão, o poeta considera que tudo que se liga às operações criadoras, como a arte e a poesia, está profundamentre ligado ao conceito de natureza, que engloba todos os impulsos vitais, inclusive o da criação artística. Leopardi parece crer que tais impulsos foram mais fortes nos tempos ditos originários, os da época clássica (sobretudo os tempos homéricos) e pré-humanística, enquanto a época moderna seria dominada pela razão crítica. Seria difícil estabelecer-se um *parti pris* na prática leopardiana, pois, além de poeta, Leopardi foi um partícipe da atividade científica, sendo, como já se disse, um apaixonado praticante dos estudos filológicos. É preciso lembrar que a época em que viveu foi de profundas oposições políticas entre o antigo *status quo* do absolutismo e as novas tendências revolucionárias, que testemunhou a derrocada de dois impérios, o antigo Império da Monarquia austríaca absolutista, dominado pelo príncipe Metternich, e o novo império que se originara das forças francesas invasoras, sob o pretexto inicial de combater o antigo império e difundir os ideais revolucionários, dominado por Napoleão Bonaparte. Depois de várias alianças, da fracassada invasão da Rússia (que teria um *pendant* no século XX — embora com alguns signos invertidos — com a derrota da aventureira e implacável invasão nazista) e o afundamento diante das forças inglesas de Wellington, Bonaparte foi, enfim, derrotado de vez, e morreu exilado na ilha de Santa Helena. A Restauração absolutista dominou a Europa por algum tempo (mas não muito). Leopardi se originou desse clima de conflito e escolheu um estilo de vida não muito compatível com as suas origens aristocráticas, marcado por muitas dificuldades, inclusive materiais. É, assim, difícil definir seus limites ideológicos, pois partilhava tendências diversas e conflituosas entre si. Este é o clima das *Operette*, às vezes de difícil definição e compreensão. E talvez o motivo profundo de tantos questionamentos que são testemunhados pelos seus *pensieri*, obras de um espírito inquieto.

Imagem e linguagem

O universo visual de Lewis Carroll

O universo visual de Charles Lutwidge Dodgson, conhecido como Lewis Carroll, é muito amplo, e não dá para ser abordado em um simples artigo, mesmo se nos restringíssemos ao seu universo imagético ativo, isto é, o que foi produzido pelo próprio Carroll como desenhista e fotógrafo. Aqui, será considerado não só este universo ativo como também o passivo, o que se criou graficamente, desenhos e gravuras ou aquarelas em cor. Quanto ao primeiro caso, o de Carroll produtor de imagens visuais, é conhecido dos que se aproximaram estreitamente da sua obra, mas não é avaliado nem divulgado com freqüência para um público mais amplo. O legado visual passivo de Carroll esteve presente para os seus contemporâneos, com os seus diversos ilustradores, e deve-se citar particularmente o caso das gravuras feitas em vida de Carroll pelo ilustrador e cartunista John Tenniel. Tão populares ficaram tais gravuras que passaram a ser reproduzidas até em produtos amplamente consumidos no cotidiano, como latas de biscoitos, por exemplo. No ano posterior à morte de Carroll, publicou-se um *The Lewis Carroll Picture Book*, gravadas em dourado na sua *hard-cover* vermelha as imagens ultra-conhecidas, através das ilustrações de Tenniel, do Grifo e do Coelho Branco. Editado por Stuart Dodgson

Collingwood, sobrinho do autor, trazia "Uma seleção de escritos inéditos e desenhos de Lewis Carroll, junto com reimpressões de obra rara e desconhecida", entre eles pequenos textos de prosa e poemas retirados de *The Rectory Magazine*, jornalzinho de um Carroll iniciante, acompanhados de desenhos humorísticos, os quais já revelavam a inclinação do jovem escritor para o humor *nonsense* que desenvolveria depois. Os desenhos eram, naturalmente, espontâneos e não muito trabalhados, porém já carregados do fino espírito que revelaria depois. Os dons gráficos de Carroll foram inequívocos, sem terem sido amplamente desenvolvidos, de acordo com os padrões de acabamento da época. Ele, porém, tinha um espírito mais livre, tendo se colocado sempre como um amador. Quer dizer, Carroll jamais quis se igualar aos desenhistas profissionais, tanto que, ao editar comercialmente os livros de Alice, chamou o famoso John Tenniel para cuidar das ilustrações, apesar de desentender-se com ele várias vezes. Mas isso já faz parte do rico anedotário em torno do autor, sobretudo suas implicâncias e razinzices. Não parece jamais ter feito questão de ser "simpático".

O DESENHISTA DO UNDERGROUND

Seu talento original aparece mais no manuscrito da primeira versão da história de Alice, narrada oralmente em 1863 e depois intitulada *Alice's adventures under ground*, ao ser escrita em 1864 e presenteada pelo autor à menina Alice Liddell (ampliada e publicada em 1865-66 como *Alice's adventures in Wonderland*). Os desenhos originais de Carroll são altamente expressivos e despojados. São intertextuais, situados nas bordas ou ocupando curiosos espaços, como o desenho da menina que se estica de repente e tem o pescoço crescido, o qual se estende pela margem esquerda interna do texto, de alto a baixo. Os desenhos têm todos uma linha fina muito simples, ao contrário do rebuscamento das gravuras de John Tenniel. Alguns ocupam uma página inteira dentro de molduras retangulares, horizontais ou verticais, como aquele em que aparece Alice seguida por todos os bichos dentro do lago criado por suas lágrimas. Os dedicados ao poema "You are old Father William" se destacam pelo humorismo *nonsense* peculiar e podem ser comparados aos que Edward Lear dedicou aos seus *limericks*. Pertencem ao mesmo clima de figuras *nonsense*. Vários outros mereceram ainda destaque pelos comentários críticos comparativos sobre Carroll *versus* Tenniel. E uma observacão merece ser feita, pelo menos: os desenhos de Carroll lembram intensamente as histórias de quadrinhos do século xx. Isto é, têm a mesma fluidez e graça dos melhores *newspaper comics* dos anos 20 e 30 do século xx, como o Krazy Kat, de George Herrimann, por exemplo, embora algumas características, como a invasão das margens, digamos, surjam ainda em quadrinhos modernos, sobretudo alguns mais inventivos, dedicados a minisséries, como as de Frank Miller ou Allan Moore.

Donald Rackin, em seu ensaio "O que é tão engraçado em Alice no país das maravilhas?" ("What's so funny about Alice in Wonderland?"), para fundamentar sua hipótese dos livros de Alice como "comédia do horror", vale-se dos desenhos de Carroll em contraposição aos de Tenniel. No primeiro exemplo que cita, o pescoço de Alice, que se estica e tem no alto a fisionomia resignada e sonhadora da personagem, Rackin supõe se expressar muito mais a sensação dolorosa de aceitação, tal como (ele irá dizer depois) no Gregório Samsa de *A metamorfose*, de Franz Kafka. Esta sensação absolutamente não é transmitida pela gravura de Tenniel. O segundo exemplo é o de Alice na casa do Coelho Branco. Ela cresce e ocupa todo o espaço, e nele se aloja, encolhida, sem escapatória, com o corpo na posição fetal, que transpiraria, segundo outros, a fantasia de regresso carrolliana. No desenho de Tenniel, há uma janela por onde sai o braço de Alice, uma brecha para o conforto dos perturbados leitores. Tanto Rackin quanto William Empson, no seu complicado mas brilhante ensaio sobre Carroll, observam que no desenho deste a posição drástica da menina dentro do quadro está relacionada com a memória do corpo na sua fase fetal, o que remete para as interpretações psicanalíticas de Carroll. Mais uma vez, observa Rackin, nota-se a expressão resignada e sonhadora da menina. Finalmente, Rackin compara as imagens de Alice com o Grifo e a Falsa Tartaruga: na gravura de Tenniel, os dois parecem figuras cômico-ridículas, apenas, e compõem, na dança com Alice, um *pas de trois* levemente grotesco. No desenho de Carroll, os dois, ao dançarem, são hiperdimensionados em relação à figura da menina, estão soltos no espaço e têm (para Rackin) um ar mais ameaçador. Pode-se acrescentar, ao comentário de Rackin, um outro, no sentido de que o salto das figuras expressa um delírio *nonsense* que não é transmitido pelas imagens de Tenniel, muito mais contidas. A conclusão de Rackin é que as imagens criadas por Carroll são mais verdadeiras porque mais estreitamente relacionadas com o texto original. Além disso, as gravuras de Tenniel, embora bem mais "técnicas", suavizaram o original mais radical, ou, mais precisamente, segundo o comentário de Rackin, "adoçaram" a imagética carrolliana. Adoçaram no sentido de que as imagens criadas por Tenniel são mais digeríveis pelo gosto médio da época, enquanto o estilo de desenho de Carroll, que parece *naïf*, está mais perto da modernidade bastante posterior de um Paul Klee, por exemplo, na trilha de revalorização de certo traço "primitivo" e na exploração do *nonsense*.

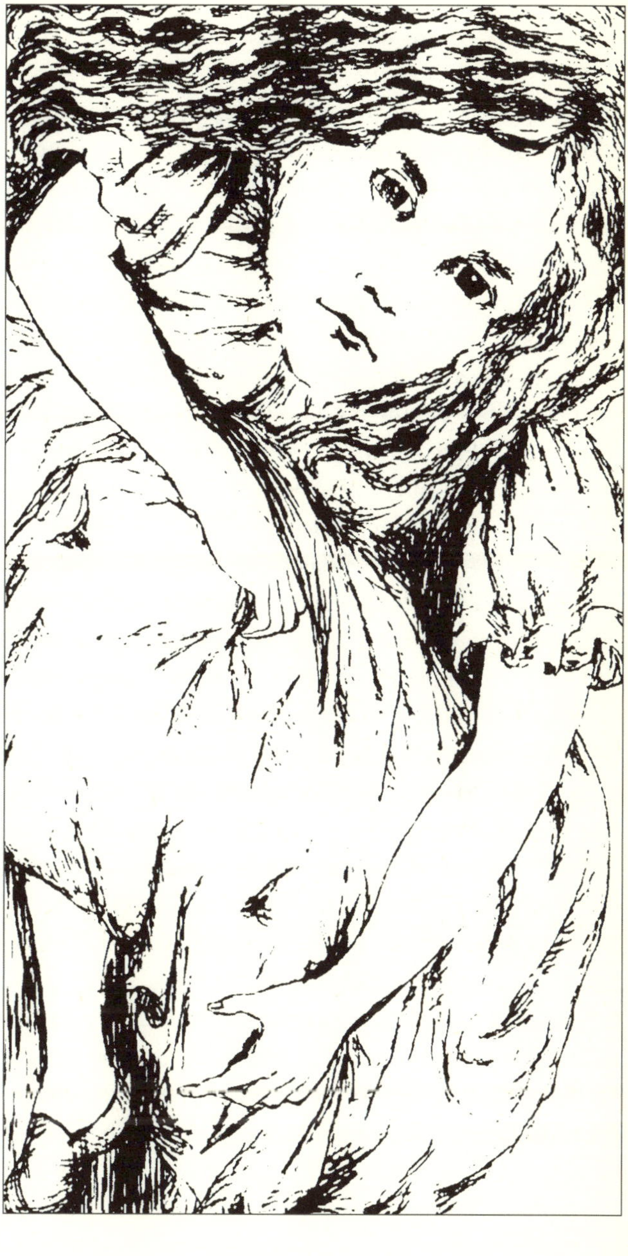

ALICE INTERPRETADA POR SEUS ILUSTRADORES

É impossível negar que John Tenniel, o ilustre desenhista-cartunista de *Punch*, a mais famosa revista inglesa de humor no século XIX, se tornou um clássico com as gravuras para as Alices. Seu relacionamento com Dodgson foi péssimo, e o mínimo que Tenniel disse foi que ele era um "pernosticozinho". Foi difícil Carroll convencê-lo a ilustrar também *Through the looking-glass*, recusado por outros ilustradores, talvez temerosos da fama de impertinente do autor. O fato é que Tenniel passou à posteridade ao ter o nome ligado ao de Carroll, e hoje é impossível dissociar um do outro, pois Tenniel foi universalmente "adotado" pelos editores de todo o mundo como o ilustrador "oficial" das Alices. Tampouco é possível desprezar suas gravuras. Equivocadas ou não (Carroll teria confessado a outro ilustrador, Harry Furniss, que não gostara do trabalho de Tenniel, exceto a criação de Humpty-Dumpty para o *Looking-glass*), são magistrais. É certo que são rígidas, que a sua Alice é inexpressiva e que as figuras são às vezes acadêmicas. Neste item, compare-se com a de Carroll, por exemplo, a sua série de quadros de "You are old, Father William": ela é bem-comportada diante da série de desenhos hiper-espirituosos do autor. Este último, na óptica moderna, dá de cem a zero. Diz-se que Carroll era um "amador" se comparado à maestria técnica de Tenniel. Mas é preciso que se discuta o sentido desse termo. O que é ser "amador" dentro de artes tão individuais como, por exemplo, a poesia, a composição musical, sobretudo a não-*mass media*, a escultura, sem objetivo público, ou o desenho criativo, não-técnico? Tem sentido o termo nesses casos (e muitos outros)? Em troca da inventividade inquietante de Carroll, o desenhista dito *naïf*, as gravuras do "profissional" Tenniel atingem um grau máximo de homogeneidade e são tecnicamente perfeitas. Mui-

to embora hoje não se valorize, tanto quanto no século XIX, o "acabamento" no processo artístico. Por exemplo, hoje parecem se valorizar bem mais os esboços e as peças inacabadas, como sucedeu nos casos das paisagens de Constable e no Balzac de Rodin. As gravuras de Tenniel estabelecem um padrão de valor mínimo de identificação com o texto e a elas sempre se pode recorrer. Talvez a loura Alice não satisfaça tanto (e desgostou a Carroll, que fez uma Alice de cabelos negros e finos, e recomendava a Tenniel que não pusesse tanta "crinolina" (fibra feita de crina) em Alice, referindo-se, talvez, à vasta cabeleira loura...), mas outros personagens são nele memoráveis, como a Duquesa, o Gato de Cheshire e o Chapeleiro Louco, em Wonderland. Na abertura de *Looking-glass*, temos uma imagem notável de Alice atravessando, de costas, o espelho, e saindo do outro lado. Ela atravessa o espelho e a página, e esta imagem curiosa de relação isomórfica texto-imagem deve ser creditada a Tenniel (a não ser que Carroll a tivesse sugerido, o que não seria impossível, mas não há comprovação). Chame-se a atenção, nesse livro, para as imagens de Tweedledum & Tweedledee, da Morsa e do Carpinteiro e, particularmente, de Humpty-Dumpty. São criações originais de Tenniel, sem nenhuma indicação anterior de Carroll, que inspirariam depois numerosos ilustradores. Elas estabeleceram um padrão básico universalmente adotado e incansavelmente imitado. Este padrão tornou-se uma marca registrada do universo carrolliano, transmitida através dos anos.

Um rival mais sério poderia ter sido Arthur Rackham, ilustrador famosíssimo dos começos do século xx, ao qual se devem ilustrações notáveis, inclusive as (posteriormente) muito celebradas dos contos de Edgar Allan Poe. A edição ilustrada de Wonderland por Rackham é de 1907 e foi recebida com tantas controvérsias que, parece, não estimularam Rackham a ilustrar também o *Looking-glass*. Os admiradores fanáticos de Tenniel protestaram contra a "invasão" do que supunham ser um universo privado. Por outro lado, houve um comentador que disse ser a Alice de Tenniel uma "boneca rígida [*stiff puppet*]", enquanto a de Rackham era viva. O periódico *Punch*, órgão de origem de Tenniel, zombou dos novos ilustradores e em particular de Rackham numa charge intitulada "A Alice de Tenniel reina suprema", na qual Alice, entroni-

zada, pergunta ao Chapeleiro quem eram aquelas criaturazinhas engraçadas ao ver outras Alices, e, quando chega às imagens de Rackham, exclama ironicamente: "Curiouser and curiouser!" (exclamação de Alice quando seu pescoço se encomprida). Rackham, por sua vez, expressava todo o respeito por Tenniel e certamente o tomou como base para suas próprias ilustrações, mas Carroll (com certeza, a fonte primária de Tenniel) talvez tenha sido a fonte com quem mais se tenha identificado. Para começar, sua própria Alice, mesmo loura, diverge da de Tenniel pela suavidade do traço e pela simplicidade. As belas ilustrações coloridas de Alice entre os animais do lago superam de longe o tratamento dado ao episódio por Tenniel. A lição de radicalidade dos desenhos de Carroll está presente em Rackham. Esta similaridade se vê, por exemplo, no violento contraste entre as imagens de Alice com o pescoço crescido e depois quando diminui vertiginosamente a ponto de o queixo tocar o chão. A imagem de Rackham para esta segunda situação tem semelhanças com a de Carroll. Nele, o pescoço esticado se desenvolve em curva, lembrando, segundo o crítico, Patrick Hearn, a "linha serpentina" (*linea serpentinata*, que veio da arte maneirista de meados do século XVI e foi incorporada à estética *art nouveau*). O pescoço se enreda nos galhos da árvore e faz a pomba gritar "Serpente!", supondo que Alice quisesse roubar-lhe os ovos do ninho. Enquanto a arte tradicionalista de Tenniel respeita o equilíbrio clássico da composição, a de Rackham, bem mais "maneirista" no sentido moderno do século XIX, tende à distorção e ao labirinto nessa imagem do pescoço confundido entre os galhos de árvore. Segundo Hearn, Tenniel é teatral e hierático na sua arte (e por isso a imagem da "*stiff puppet*"), enquanto Rackham é dramático. Ele adotou, além disso, uma extrema liberdade de composição, como as criaturas amontoadas no quadro em que representa a "lagoa de lágrimas", que seguiu, sem dúvida, a lição carrolliana, mas extremando-a, com uma nova interpretação do episódio. A casa da Duquesa em Rackham exprime a idéia de ritmo e caos do episódio (linhas curvas de fumaça, figuras convulsionadas de Alice e da Cozinheira, pratos e panelas esvoaçantes) com perfeição, embora as figuras da Duquesa e da Cozinheira permaneçam inexcedíveis em Tenniel. Muitos detalhes, enfim, fazem da edição de *Wonderland* por Rackham uma preciosidade à parte.

    As inumeráveis versões ilustradas de Alice pós-Tenniel começaram desde o ano da morte de Carroll, com a edição brilhantemente ilustrada por Blanche McManus em 1898, com o autor ainda vivo (mas não há registros de comentários dele sobre McManus). Entre 1899 e 1904, registraram-se outras edições, sendo a mais conhecida a de Peter Newell. A partir de 1907, com a extinção do *copyright* inglês, as edições explodiram por toda parte.

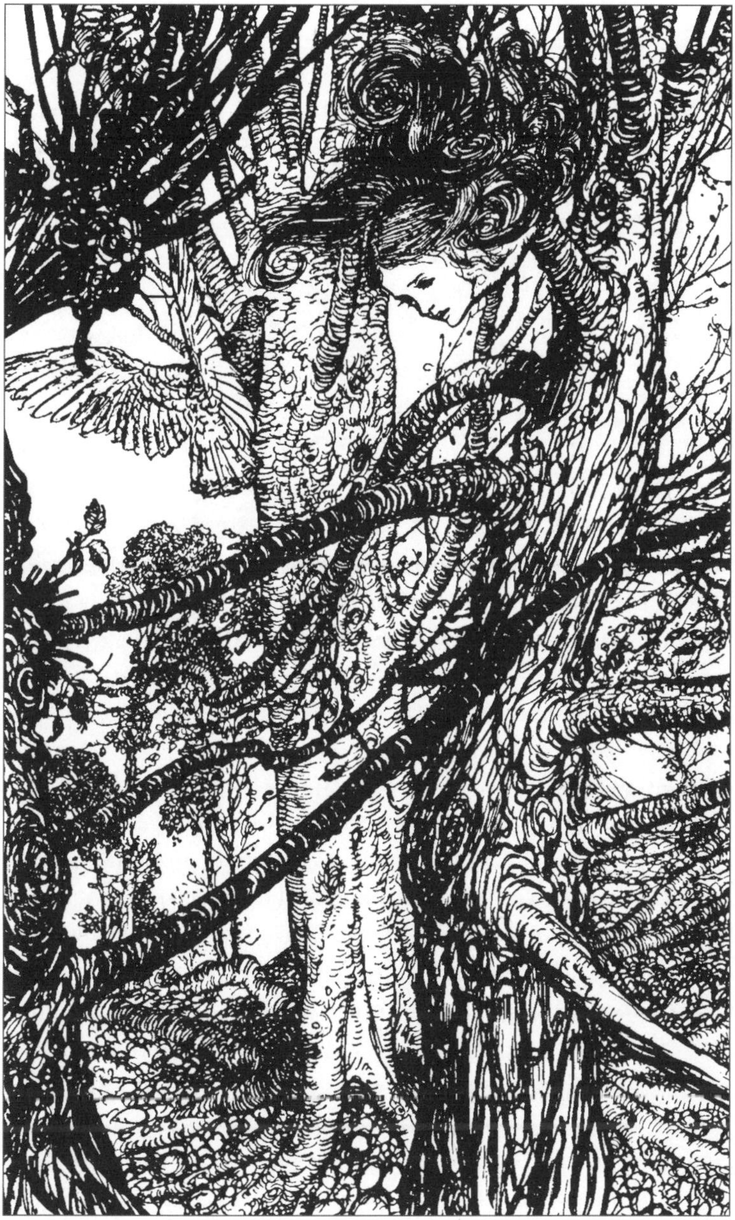

Assinalem-se como as mais interessantes, além das do próprio Rackham, as de Charles Robinson, Harry Furniss, A.E. Jackson e A.L. Bowley. Mas só em 1929 surge, segundo os comentários críticos de hoje, outra edição de grande destaque, com o trabalho de Willy Pogany, que nos trouxe uma Alice surpreendentemente renovada e inspirada no estilo *art déco*, com traços muito nítidos e definidos. A Alice de Pogany é, segundo os comentadores, uma garota americana típica, *bobby soxer*, de saia e meias curtas e com o cabelo bem curto da época, no estilo *page boy* americano. Pogany também incorpora outras americanices, como o desfile de cartas como o naipe de paus que parecem cadetes de West Point, enquanto as de ouros e copas lembram Ziegfeld Follies

Chorus Line. Um detalhe característico do ambiente americano é a ilustração da casa da Duquesa, em que se vê uma cozinheira negra, ainda comum na América, mas não imaginável numa cozinha tradicional inglesa vitoriana.

Já da segunda metade do século XX é o trabalho de Ralph Steadman, em 1967, o primeiro a tentar, a partir de traços decididamente modernos, uma reinterpretação do universo carrolliano, drasticamente distante das origens da iconografia aliciana. Há também, pouco acessíveis, edições muito limitadas e raras com ilustrações de Salvador Dalí (1969) e de Max Ernst (1970). Tudo isso quanto às ilustrações para *Wonderland*, que foi realmente o livro de Carroll preferido para as edições ilustradas diversificadas. *Through the looking-glass* tem muito menos ilustradores. Tenniel, que assinou a edição básica, criou protótipos que seriam depois recriados incessantemente. Veja-se a versão-chave de Tenniel para compor a imagem de Humpty-Dumpty, e compare-se particularmente com a imagem criada por Philip Gough em 1940: a de Tenniel assinala o lado caricato, o seu Humpty-Dumpty é mais perfeitamente um homem-ovo, enquanto Gough destaca a vaidade e elegância dândi do per-

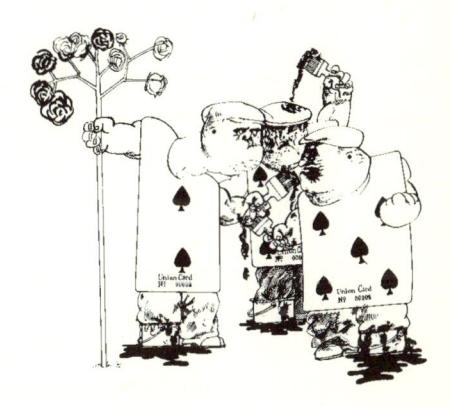

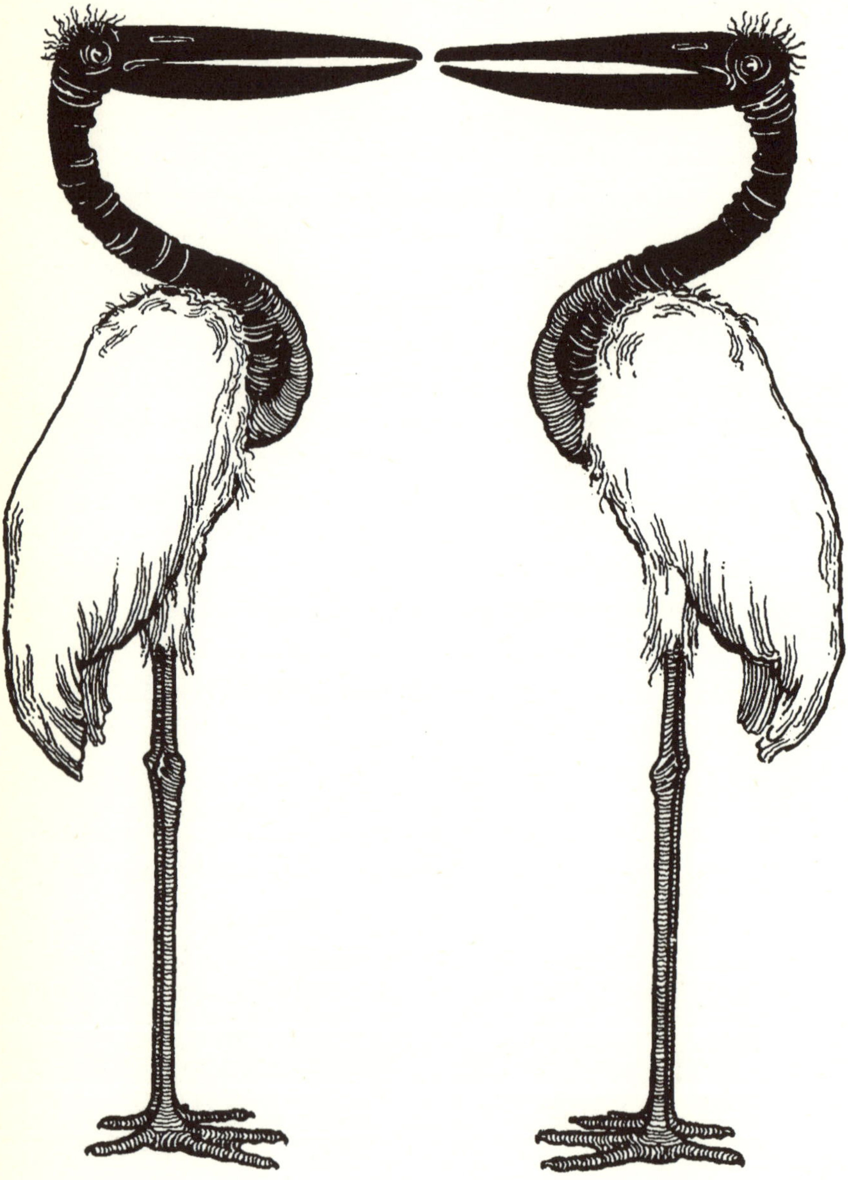

sonagem com roupas finas, cartola e bengala, mas esquece-se da confusão entre cinto-ou-gravata de Alice. Assinalem-se as edições com ilustrações de Blanche McManus (1899), Peter Newell (1901), Franklin Hughes e Philip Gough, especialmente destacadas pela crítica. Segundo a recepção crítica Mervyn Peake (1954), teria sido mais bem-sucedido como ilustrador de *Looking-glass* do que com *Wonderland*. Mas o grande destaque são as aquarelas brilhantemente coloridas de Peter Blake em 1970, chamando-se a atenção para o fato de que Blake era um pintor bastante famoso nos meios artísticos. Por isso, talvez, o aspecto plástico brilhante e o colorido exuberante sejam mais marcados do que o aspecto semântico (isto é, suas conotações de sentido) nessas ilustrações.

Alguns pontos merecem ser assinalados: a) folha-de-rosto da edição de 1907, de Chatto & Windus, ilustrada por Millicent Sowerby, com duas aves enormes de longos bicos que se tocam, formando uma "moldura"; b) o delicioso infantilismo das ilustrações de A.L. Bowley, de 1921, em que Alice aparece com um vestido curto e florido e meias curtas, ao contrário da tradição do vestido e meias longos desde Tenniel até Newell (1902), Thomas Maybank (1907), Thomas Heath Robinson (1922), Gough (1940) e outros; em contraste, versões despojadas como a de Helen Munro (1933) e sobretudo a de Willy Pogany, com vestidos e cabelos curtos, derrubaram o estereótipo vitoriano para impor uma visão moderna da personagem; c) seria curioso, ainda, comparar, por exemplo, as versões de Tenniel e Pogany para o capítulo "A quadrilha da lagosta": o contraste entre a rigidez da dança em Tenniel com a lepidez de quase vôo da corrida de Alice com o Grifo em Pogany; d) veja-se a notável versão de Philip Gough, com o traço nítido da sua gravura, para "You are old Father William", e observe-se como ele fundiu e reinterpretou as lições de Carroll e Tenniel; e) enfim, as versões do tribunal valeriam muitas comparações: enquanto Thomas Maybank e K.M.R., por exemplo, mostram uma Alice espectadora, a de Harry Furniss (1926) expõe uma garota assustada que assume uma posição defensiva em meio à desordem.

 As inúmeras possibilidades simbólicas interpretativas alicianas, aqui mal enumeradas, existem por causa da riqueza referencial desses textos. Outros textos não foram tão férteis. *Rhyme? and reason?*, livro que contém poemas diversos e o célebre *The hunting of the snark*, depois muitas vezes editado em separado, foi, na primeira edição, espirituosamente ilustrado por Arthur B. Frost quanto aos poemas humorísticos, e Henry Holiday tornou-se o ilustrador clássico para *The hunting of the snark*. Tanto Frost quanto Holliday são bons quando o texto lhes fornece um fundamento que gere a originalidade do traço. No resto, as ilustrações são muito bem acabadas, em adequação ao espírito da época. Também as ilustrações de Harry Furniss

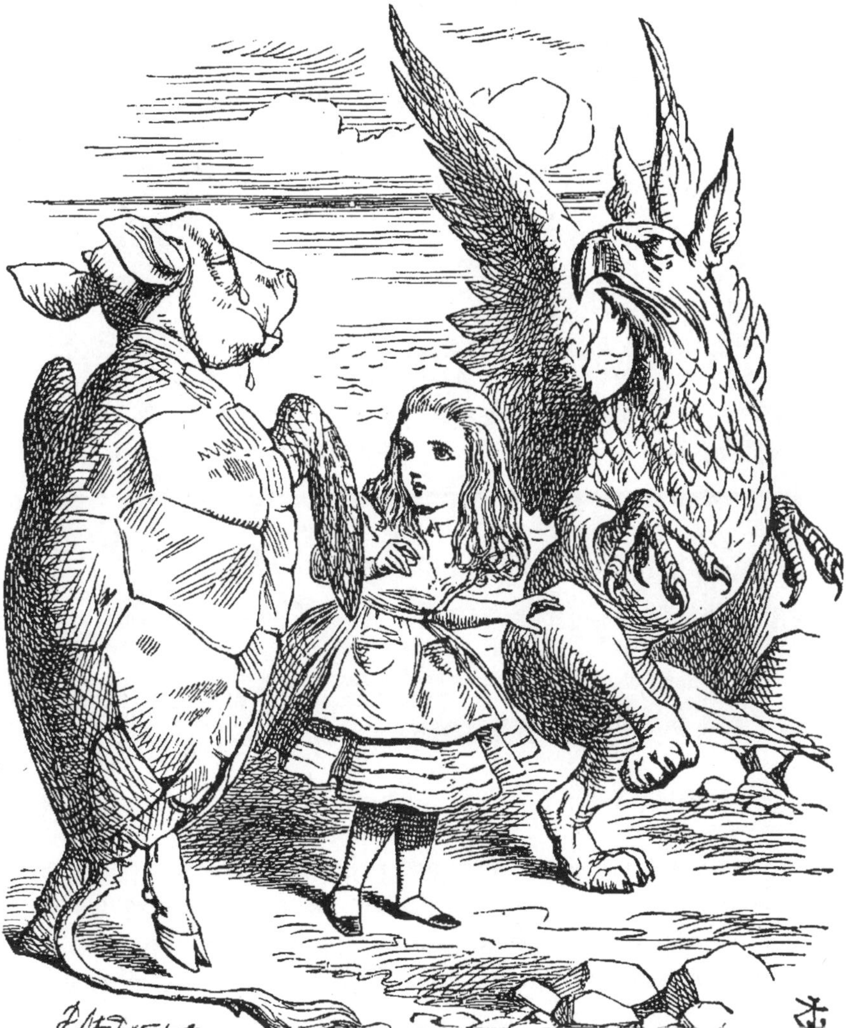

para *Sylvie and Bruno* tornaram-se "oficiais" para esse livro desigual, mas eventualmente rico de referências e de elementos *nonsense*. As melhores imagens de Furniss são as dos melhores momentos do livro, como, por exemplo, de "A canção do jardineiro". Mas são em boa parte pictorialmente convencionais, como também muitas passagens do livro.

LEWIS CARROLL FOTÓGRAFO

Uma outra dimensão do universo simbólico de Lewis Carroll é a sua arte de fotógrafo. Nela, o autor exercita, por um lado, seu grande interesse pela visualidade, e, por outro, deixa fluir, às vezes explicitamente, sua libido excêntrica mal dissimulada. Carroll especializou-se em retratar meninas. Naturalmente, não apenas isso. Era um fotógrafo bastante apreciado (segundo, consta, da época vitoriana), que fotografou muita gente da sociedade que freqüentava e onde ocupava o lugar de excêntrico solitário: conhecidos, amigos e filhos de amigos, escritores, artistas eram objeto de sua arte fotográfica social. Retratos posados sempre de alta competência. Mas a aplicação realmente simbólica da técnica fotográfica centrou-se nos seus retratos esmeradamente posados de meninas impúberes, em sua maior parte.

Neles, muitas vezes Carroll não se satisfazia só com o aspecto natural da foto. Tinha de criar um artifício. O cume desse artifício está no retrato da menina Alice travestida de pedinte, com a mão estendida. Nele, Alice Liddell está com um vestido rasgado, mostrando os braços e as pernas, com os pés descalços, uma das mãos fechada na cintura e a outra aberta como quem pede esmola, o corpo encostado a um muro limoso e folhagens, bastante sugestivo. Além da erotização explícita, há um fundo pervertido em contraste com o rosto infantil.

Ainda que este seja um exemplo máximo, não é único nesse universo visual. Numa bela foto de Mary Ellis, ela se recosta num tronco rugoso e folhagens, mas aí a erotização talvez fosse inconsciente. Não será este, certamente, o caso de uma foto de Xie Kitchin, em que ela repousa, dormindo, reclinada sobre um sofá, com o vestido abaixado, mostrando os ombros nus, propositalmente descobertos (como também se vê na foto de Alice "mendiga" (com a mão pousada sobre o regaço). Xie,

Alice Liddell, 1859

Mary Ellis

Xie Kitchin, 1875

aliás uma favorita, aparece em outras fotos sugestivas, uma reclinada num sofá com um livro no regaço, outra também dormindo na cama e finalmente de pé contra a parede, ou com um violino. Uma foto de Irene Mac Donald parece bem inocente. Ela está de camisola, escova numa das mãos e um espelho noutra, que pousa sobre uma cadeira. Mas os cabelos estão significativamente soltos, os pés descalços. Viramos a página do álbum de fotos publicado numa edição européia de luxo e nos defrontamos com a mesma Irene reclinada num sofá. Não está descalça, nem dorme. Mas a expressão do seu olhar perdido está entre o sono e o êxtase. Não se pode negar a relação estreita entre o sono, o ato de se estar deitado sobre travesseiros ou inclinado sobre almofadas em um sofá e o erotismo. Mary Millais, por exemplo, está recostada num chão que parece de grama ou de tapete felpudo. Ela se encosta onde duas paredes se encontram, com uma expressão indefinível. Detalhe: a veste parece uma camisola, como era também uma camisola a veste de Mary Mac Donald. Uma "desconhecida" também está reclinada no canto de um sofá. Não é uma obsessão? Também os recantos, a posição inclinada e a expressão longínqua, próxima do êxtase, são visíveis obsessões eróticas. Nada disso se encontra nas fotos comuns de familiares, pessoas distintas ou renomadas que também constituíam o alvo das fotos do "reverendo", que se dizia "praticamente um leigo" no final da sua vida.

    Carroll tem, sem dúvida, muitas obsessões expressas nessas fotos, como os sofás, os muros e os recantos já referidos. Suas fotos valeriam uma análise simbólica mais detalhada. Além disso, ele se esmera em fantasias de travestimento, como a de Alice Liddell "vestida" de mendiga. Xie Kitchin, um modelo multiforme, aparece ora como "chinesa", ora como "russa", ora como "cozinheira", ora afundando numa esquisita poltrona triangular, ora com os pés descalços, uma espécie de pá e um cesto. Nas

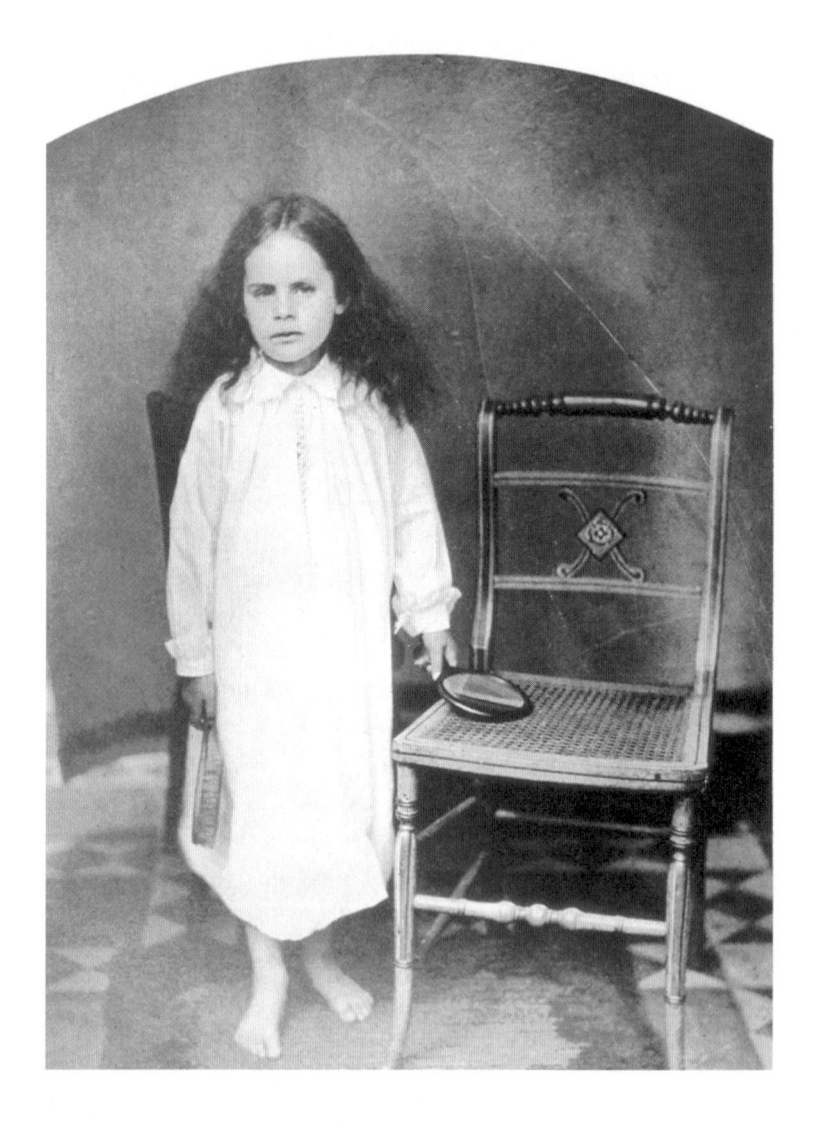

Irene MacDonald, 1863

Irene MacDonald (acima) e Mary Millais (abaixo)

muitas fotos de Xie, ela jamais está sorrindo. Há um detalhe significativo: as meninas são sérias, em sua maioria. E certamente é desta "seriedade" que emana a erotização fisionômica, com olhares mortiços entre o sono e outra coisa. O grande retratista mostrou a coerência profunda entre sua arte fotográfica e a de escritor. Carroll não é jamais um fotógrafo do instantâneo e da naturalidade. É o anti-estilo Cartier-Bresson. É algo como o contraste, no cinema, entre o fresco e espontâneo (nas aparências) neo-realismo italiano e o *recherché* cinema *noir* americano. Carroll está visivelmente do lado deste último. A sua fotografia é, como a sua escrita, uma arte intrinsecamente *recherché* e suas composições estudadas seguem o princípio do jogo ficcional: é preciso fingir algo que não é para se chegar a uma outra verdade. Essas inumeráveis meninas são, sem dúvida, uma arte da variação: a imagem se multiplica indefinidamente, é Alice Liddell ou Xie Kitchin, potencializadas e atualizadas ao máximo, o amor espiritual ou o jogo erótico múltiplo. As meninas são comparsas nesse jogo, e são sérias como o jogo erótico levado ao ponto máximo, sério e, se possível, em êxtase. O artista deve ter experimentado inúmeras parceiras até chegar a uma musa, Xie Kitchin, aparentemente submissa a esse jogo de poses.

  O universo visual de Carroll é múltiplo e diversificado, dos desenhos produzidos pelo próprio escritor, ditos "amadores", às inúmeras variações que sua obra gerou, e finalmente ao jogo indefinido de poses da arte fotográfica. Mas este universo guarda, além de suas obsessões comuns ou específicas (como as de suas fotos), um princípio unificador, que é o princípio do jogo de linguagem, tomando essa expressão *lato sensu*. No caso dos desenhos, há regras básicas de identificação, e uma delas, profundamente lúdica, é a do prazer e divertimento, sem a qual se sai do universo carrolliano específico do humor e da superfície. No caso das fotos, o princípio é o mesmo, só que a regra de identificação segue, as condições específicas da arte fotográfica, ou seja, o jogo da composição do conjunto, as angulações e o foco. Tais necessidades técnicas estão profundamente ligadas à sua fantasia imagética, pois se trata, de uma manifestação artística. Estar recostada a um canto, como sucede às suas pequenas musas, não somente implica uma sugestão de fundo erótico, como também corresponde a um ângulo especial. Mary Millais, por exemplo, está recostada no ângulo entre duas paredes, e o ângulo reto forma um contraste com seu rosto redondo, a veste solta e a perna que se estira sobre um tapete felpudo. Ou é grama e um ângulo entre dois muros? A foto é ambivalente. A doce Mary Ellis se encosta num tronco rugoso de árvores, que é também uma coluna, digamos, e ambos (menina e tronco) ocupam o centro da foto, rodeados de folhagens: há uma identificação entre vida e textura vegetal, e esta textura é também a matéria da foto. Xie Kitchin dorme recostada a um canto de uma espécie de canapé e há aí também um jogo sutil de formas em que a figura suave da menina é envolvida pelas curvas do móvel. Alice Liddell está também recostada num canto de muro, envolvida por pedras limosas e vegetações. Irene Mac Donald está com os cabelos soltos e uma camisola folgada: ela parece toda "natural", mas pousa um espelho redondo sobre uma dura e retilínea cadeira de palhinha. Noutra foto de Irene, ela se encolhe graciosamente com a cabeça inclinada sobre uma almofada, coberta de uma manta sobre a veste branca, com o braço despido por fora da manta. O jogo é de curvas que envolvem curvas e a forma definida pelo retrato é uma forma ovalada horizontal.

  Talvez houvesse diferenças entre o homem Charles Dodgson (tímido, gago e ranzinza com a idade) e o artista Lewis Carroll. Mas o artista Carroll é um só em todas as suas facetas: o desenhista *amateur*, mas inquieto e inventivo; o ficcionista e poeta que fascina pelas invenções de imagens e jogos verbais;

o lógico que coloca questões e as resolve em paradoxos lúdicos; e o fotógrafo que joga com formas e planos, além de se divertir com o travestimento de seus modelos. Não há espaço aqui para entrar no curioso aspecto das referências cruzadas em Carroll. Só como exemplo, cite-se sua atração pelo universo dos pré-rafaelitas. Assim, observou-se que o penteado original da Alice carrolliana (não a de Tenniel) lembra o do óleo de Dante Gabriel Rossetti *"Helena de Tróia"*, e sabe-se que Carroll fotografou desenhos de Rossetti. Noutra pose em *Wonderland*, Alice tem a cabeça inclinada para a direita, imitando, ao revés, a cabeça inclinada à esquerda da *"Garota com lilases"*, óleo de Arthur Hughes, uma das suas admirações. E seria interessante observar a relação que guarda o desenho de Alice na casa do Coelho Branco e o retrato de Irene Mac Donald deitada. Uma relação tão evidente que parece que Carroll queria divertir-se ao evocar na realidade carnal das fotos o universo imaginário de seu modelo-vivo. Enfim, reconheça-se, ainda, que no Carroll fotógrafo de meninas subjaz um sátiro desviante, perturbador para as normas comportamentais não só do seu tempo como do nosso. Visto, porém, à luz genérica da produção simbólica e da diferença, este sátiro foi só um artista, e sua contribuição foi marcada pela singularidade das criações.

As relações duvidosas: notas sobre literatura e cinema

As relações entre o cinema e a literatura sempre foram problemáticas e, até onde é possível divisar, sempre o serão, pois as duas artes entram em conflito a partir de seus elementos formais: uma tende para a extensão e o desdobramento no tempo, a outra, para a retenção e a condensação no tempo. Embora sejam, do ponto de vista da ficção, artes narrativas por igual, os seus meios (um, a imagem; a outra, a escrita) as dissociam por completo, não só quanto à transmissão da mensagem como quanto a sua recepção. Isto é, cinema e literatura se dissociam radicalmente quanto ao efeito. O efeito do texto literário é o de apreensão da mensagem por sucessividade não delimitada temporalmente, isto é, o receptor do texto literário não tem, em princípio, a percepção presa a determinado período de tempo. Pode percorrê-lo na extensão do tempo por ele mesmo determinada, rápida ou vagarosa. O efeito do filme sobre o espectador é o de imediatez: o espectador está limitado ao tempo em que se passa a trama, em princípio. Se este tem duas horas de projeção, a percepção dele é igual quanto ao tempo, que é o da sua duração. É verdade que alguns diretores caprichosos, como Stanley Kubrick em *The killing* (*O grande golpe* [1956]) ou Robert Wise, em *The set-up* (*Punhos de campeão* [1949]) procuraram igualar o tempo do desenvolvimento da trama ao da duração do filme. E é claro que se pode dizer que hoje tudo isso é relativizado, desde a invenção técnica da reprodução dos filmes no aparelho da TV (do videocassete, e depois, do DVD, hoje), pois, a partir de então, o espectador se igualaria ao leitor, que pode voltar a ler uma página para verificar seu grau de percepção do objeto, isto é, se conseguiu apreender integralmente o sentido do texto ou das imagens, conforme o caso. Instalado confortavelmente em sua poltrona ou sofá em casa, o espectador pode retroceder o filme até o ponto desejado para retomar o fio da meada, para ver se compreendeu direito uma fala ou se deixou de perceber algo visualmente. Mas, em princípio, sua percepção é mais imediata. Não tanto quanto a de alguém que esteja diante de uma imagem fixa, uma tela pintada ou um cartaz, por exemplo. Mas sempre tendo em vista que sua apreensão é limitada pelo tempo em que as imagens se sucedem na tela. É essa limitação de tempo que determina, de um ponto de vista externo, os limites para a adaptação de uma obra literária. É isso que provoca a quase sempre inevitável impressão que se tem de "superficialização" da mensagem literária quando transposta para os limites do filme. Parece que se reduzem e se diluem nas imagens explícitas.

É preciso afirmar que não se trata, de modo algum, de uma questão de qualidade do produto. O filme que adapta uma obra literária de ficção pode ser um filme de qualidade inferior ou superior, dependendo de quem o criou (o diretor), mas dará sempre a sensação de insuficiência de aprofundamento em relação ao produto original, pois estará partindo daquela premissa de limite temporal médio (isto é, um filme de ficção tem, dependendo da época em que foi realizado, a duração média de cerca de uma hora e meia a duas horas). Assim, o criador do filme tem sempre que se valer de recursos de síntese visual para dar conta da integral transposição narrativa. Um romance de cerca de 250 páginas é impossível de ser transposto para um filme de duas horas de duração. Impossível? Sim, pois todas as minúcias e sutilezas da mensagem verbal se perdem. Parta-se para um exemplo de adaptação realizada por um grande criador cinematográfico. *O processo* (1962), de Orson Welles, foi realizado a partir de um dos mais prestigiados textos ficcionais do século xx, *Der Prozess*, de Franz Kafka. Certamente, a idéia de transpor o romance para o suporte filme foi do próprio Welles, que além de dirigir também escreveu o roteiro. Isto é, o filme não se produziu a partir de um interesse apenas comercial, mas, aparentemente, de uma admiração literária.

Sendo assim, poder-se-ia esperar, sendo Welles quem foi, que o produto resultante alcançasse uma média alta de qualidade, o que realmente aconteceu, mas de modo bastante complexo, como se verá. Não só ele foi forçado a limitar a narrativa aos seus momentos cruciais como também se propôs a criar uma obra pessoal, e não inteiramente submissa ao texto, mas com resultados bem menos exitosos em relação ao produto original. As diferenças são evidentes em alguns pontos.

Na abertura do romance, o personagem Josef K. (Joseph K., no filme) é detido por dois homens só vagamente identificados como "guardas" por suas roupas cheias de bolsos descritas minuciosamente pelo narrador em suas características extravagantes. No filme, eles agem quase como detetives de filmes policiais comuns (fora algumas peculiaridades), o que pode ser interpretado como vagamente paródico. No entanto, a narrativa literária expõe claramente, em seus diálogos, uma situação ambígua: está entre o burlesco e o sinistro. A peculiaridade do humor negro kafkiano se dissolve tanto nessa seqüência inicial como na cena final da execução. Os executores são descritos, no texto, como atores que usam cartolas e são indivíduos maduros e solenes, com uma ponta de ridículo. Naturalmente Welles procura passar algo da comédia grotesca da execução com a cena em que os executores passam de um para o outro a faca de açougueiro. No texto, K é executado, segundo suas próprias palavras, "como um cão", e termina com a frase "Era como se a vergonha devesse sobreviver a ele" (tradução de Modesto Carone). Welles prefere encerrar o filme com uma explosão e dar uma resolução mais genérica ao final. Perde-se, obviamente, não só parte do humor negro e da poesia sinistra do final kafkiano como a característica pessoal da culpa de K. e a ambigüidade geral do texto, até hoje discutida.

Pelo menos em uma seqüência, a que retrata o ambiente de trabalho de K. (um banco importante), é duvidosa a transposição de imagens. As cenas mostram um espaço imenso em que centenas de funcionários trabalham em máquinas de escrever, cujo ruído mecânico é ensurdecedor. Tais imagens transmitem ao espectador uma mensagem oposta à das imagens de sufocação transmitidas pela narrativa literária. No filme, K. trabalha num espaço aberto elevado, contíguo ao do espaço ocupado pelos funcionários, o que não transmite a sensação de isolamento e distanciamento da sua importância funcional, muito clara no texto. Ele ocupa a terceira posição dentro do banco. Esta diferença hierárquica de K. é mal transmitida no filme, não contando para isso com a gestualidade demasiado frenética do ator (Anthony Perkins).

A seqüência narrativa, que no texto se desenvolve por etapas bem delimitadas (pois, em que pesem todas as contestações relativas à organização de capítulos na edição póstuma de *Der Prozess* pelo amigo de Kafka, Max Brod, outra lógica seqüencial não alteraria, em princípio, essa delimitação), é confundida no filme propositadamente. Mas não dá a impressão de que o seja por motivos estéticos e sim por motivos de necessidade de síntese, isto é, para apressar e reduzir a narrativa. Assim, no filme, quando K. sai da casa de Titorelli, o pintor, por uma porta atrás da cama, ele entra direto nos "cartórios" e logo a seguir está na catedral, onde é chamado por um padre, que está no púlpito. Essa passagem parece "mágica" no filme, enquanto o texto de Kafka (profundamente lógico, embora seja a lógica do absurdo) não abandona jamais as conexões entre uma passagem e outra. O padre do texto literário se transforma, no filme, no advogado (representado pelo próprio Welles), fundindo os dois personagens, o que também parece outra operação "mágica". Assim, a narrativa da lenda do camponês diante da Porta da Lei sai da boca do advogado, o que se explica pelas exigências narrativas do início do filme, como se verá a seguir.

De modo algum os pontos acima assinalados significam que o filme de Welles seja um *échec* em relação ao texto que lhe serve de base. Dificilmente um outro filme seria mais bem resolvido do ponto de vista cinematográfico. Se na seqüência inicial se perde algo do humor grotesco do texto, em diversas outras, em compensação, a recuperação da atmosfera kafkiana é excelente. Toda a seqüência do espancamento dos guardas "denunciados" por K. na "sala de audiência" é excepcional pelo seu clima de terror, ao qual Welles acrescenta um toque de humor negro bem kafkiano, e muito bem achado, com o esparadrapo posto na boca pelos próprios castigados a fim de que K. não ouvisse seus gritos e gemidos. Todas as seqüências passadas na casa do advogado (Huld, no romance, e Hastner, no filme) são também destacadas, da atmosfera genérica de opressão até a caracterização de personagens como o próprio advogado, um pomposo e escarninho Welles (com sua exibição peculiar), a enfermeira Leni e sua mescla de erotismo evasivo e jogo de ocultação (a eficaz Romy Schneider) e, finalmente (um extraordinário Akim Tamiroff), o comerciante Block, frenético, assustado e submisso. Cite-se, enfim, toda a seqüência em que

K. vai visitar Titorelli, o pintor, para ter mais informações sobre o "tribunal" e o seu "processo". É de fato extraordinária toda a seqüência em que K. sobe as escadas para os aposentos do pintor acompanhado de uma multidão enlouquecida de garotas que o agarram e puxam pelas vestes como se fossem as Fúrias do mito órfico. Tais momentos, e mais ainda toda a atmosfera da fotografia em preto e branco, com o seu permanente claro-escuro, tons acinzentados, ângulos inesperados e afunilamentos espaciais, obstáculos e tropeços nos deslocamentos de K. em vários ambientes fechados, traduzem muito bem o clima de uma "detenção", sugerindo o enclausuramento gradual do herói/ anti-herói de Kafka, que termina, logicamente, dentro de um buraco, tal como no texto. Só que, em vez de morrer ingloriamente numa execução particular e vergonhosa, morre numa explosão, o que é mais genérico e atinge a todos nós, os espectadores do filme. Assim, na versão de Welles, mais apocalíptica, toda a humanidade, e não uma parte dela, sofre o processo da história humana, que pode terminar numa explosão.

Qualquer adaptação fílmica funciona mais ou menos como a tradução de um texto de uma língua para outra. No caso da tradução lingüística, porém, há apenas a transposição de códigos. No caso das adaptações cinematográficas (ou audiovisuais em geral), o que há é mais problemático: trata-se de uma transposição de linguagens. Assim, é normal que o diretor (criador) do filme adote algumas táticas de efeito nessa operação. No caso de *O processo*, Welles deslocou, para efeito dramático, uma narrativa interna dentro da narrativa, "As portas da lei", e colocou-a na abertura da sua obra, como uma espécie de pórtico da narrativa fílmica, utilizando-se da sua própria voz, de tonalidade grave, em *off*. Naturalmente, o efeito dessa tática é impressionar de imediato o espectador. A partir dali, ele sabe que não estará diante de uma história "realista", mas de uma narrativa talvez alegórica, com um obscuro sentido ético. Na narrativa textual, é o padre que fala para K. Na versão fílmica, é o próprio Welles que ocupa o púlpito e desce dele para falar com K. A conseqüência só é formalmente lógica a partir do fato sabido antes na abertura: é a voz de Welles que enuncia o conto alegórico. Por sua vez, essa substituição é simbólica da intervenção do diretor no texto original e é contígua ao final da narrativa fílmica, quando se dá a seqüência da execução. Na narrativa original, há sempre elos e conexões, que são suprimidos sem dó pelo criador cinematográfico. Se os elos são suprimidos, por que, dentro da lógica de Welles, tudo não poderia explodir? Observe-se, finalmente, que os anacronismos observados no filme (por exemplo, K. apresenta ao tio um computador do banco –em tempos primórdios chamado, curiosamente, de "cérebro eletrônico", expressão à qual Josef K., no filme, dá uma inflexão irônica) são táticas comuns em qualquer narrativa que não se pretenda "realista", o que é justamente o caso de Franz Kafka.

As adaptações fílmicas podem ter gradações quanto ao seu propósito. No caso acima observado de Kafka/ Welles, o resultado misto provém de dois fatores em conflito: por um lado, o desejo do diretor de não ser totalmente infiel a um texto (sem dúvida alguma) de sua admiração, e, por outro, a aspiração de afirmar a própria identidade, pois é artista de uma outra linguagem. Há, também, outro conflito bem visível, o de personalidades díspares, contrapostas: uma de contração (Kafka) e outra de expansão (Welles). Conflito que não existe entre Welles e Shakespeare, ambos expansivos. Assim, a experiência de *O processo* é única na obra do cineasta e mesmo na história do cinema, tendo só ligeira equivalência com a adaptação expressionista de *Crime e castigo,* de Dostoiévski, pelo famoso diretor de *O gabinete do doutor Caligari* (1919), Robert Wiene.

Um outro autor, não tão indecifrado quanto Kafka, mas que apresentou também aspectos enigmáticos e ambíguos em seus escritos, foi Henry James. Duas adaptações (há várias) de suas obras mostraram-se particularmente notáveis: a originada de uma peça baseada na novela *Washington Square* e que teve o título (o mesmo da peça) de *The Heiress* [no Brasil, *Tarde demais* (1949)], sob a direção contida de William Wyler; e a que foi baseada na novela *The Turn of the Screw* (*A outra volta do parafuso*), o filme *Os Inocentes* (1961), de Jack Clayton. Ambas se quiseram fiéis ao original. Em Wyler, dois fatores, além da competência da direção, concorreram para seu êxito: ter como base uma adaptação dramática da novela e não um texto de prosa corrida facilitou muito a adaptação fílmica, embora, por outro lado, concorresse para certa "marcação" teatral das seqüências; o outro fator foi o absoluto domínio na atuação do trio central de atores: Ralph Richardson (o pai tirânico, o Doctor Sloper, empenhado em evitar o casamento da filha com um aventureiro interesseiro), Olivia de Havilland (a filha submissa, Catherine, que se insurge depois), Montgomery Clift (o caça-dotes conquistador Morris Towsend) e Miriam Hopkins (a intrometida e "romântica" tia Lavinia, empenhada em arranjar um marido para a sobrinha, mesmo um caça-dotes). O filme de Wyler (como tantos outros que fez como adaptador) pretende-se fiel ao tema básico e à criação literária, menos nas ambivalências costumeiras de um escritor requintado, e é o desenvolvimento de uma seqüência rítmica perfeita. As sutilezas de James são transmitidas apenas pelo jogo fisionômico das expressões. Há plena fidelidade ao que são os personagens através das suas expressões. Estas qualificam o que é cada personagem e quase faz prever a sucessão das suas ações, dentro de um encadeamento implacável. Sabe-se perfeitamente que Morris, vivido pelo sóbrio e exemplar Clift, abandonará sua conquistada ao ver o pai

Cena de *The Heiress*, de William Wyler, 1949.

dela como obstáculo intransponível para os seus fins de pôr a mão no rico dote da herdeira. A surpreendente mudança de Catherine, vivida pela notável Olivia de Havilland, que se insurge contra o pai, torna-se algo natural pelo seu extraordinário jogo fisionômico. E é o *close-up*, isto é, a linguagem do cinema e não a do teatro (médio plano, sempre), que cria isso. Quem tivesse lido o original de James, a novela *Washington Square*, não sentiria, em princípio, aparentemente, maiores sobressaltos, fora a redução simplificadora de algumas situações e as nuances psicológicas de sempre do autor. Além disso, a arte de Wyler, muito menos audaciosa, tinha limites que a de Welles desconhecia. Mas há também diferenças significativas entre o plano literário e o fílmico. Ei-las:

1. Não há, na novela, encontros românticos sob a chuva, nem, muito menos, promessas de fuga e casamento oculto da parte de Morris. Este apenas desaparece após uma pretensa "cena" da noiva, inventada por ele.
2. Não há, conseqüentemente, nenhuma "vingança" arquitetada por Catherine. No final, Morris é só "despachado" ao reaparecer sem sentido.
3. Não há, também, nenhuma ruptura de Catherine com o pai. Ela cuida dele até fim, junto com a tia Lavinia.

Assim, na novela, apesar da mudança, Catherine mantém os traços básicos e firmes da sua personalidade. O escritor também não opta por soluções hiperdramáticas, como no filme. Opta pelo distanciamento e pelo anticlímax total (como o Flaubert de *L'Éducation sentimentale*), ao descrever a maturidade de Catherine.

Possivelmente, as diferenças viriam do texto dramático intermediário, *Tarde demais*, ou, quem sabe, da passagem deste para o roteiro. Mas isso não impede que se revelem, nessas diferenças substanciais entre o resultado fílmico final e a fonte literária básica, a preocupação com a mudança de audiência. Quanto mais ampla esta (o público de cinema em relação ao literário, mais limitado), mais hiperdramatismos, mais convencionalismos, mais redundâncias e menos matizes. A impressão final é de que a história, filmicamente falando, é vista pela óptica "romântica" de tia Lavinia.

A outra adaptação, *Os inocentes*, que parte de um texto mais ambíguo e enigmático (*The Turn of the Screw*), apresenta, além da atuação marcante de Deborah Kerr no papel central da preceptora, uma composição ambiental de grande fascínio. O diretor, Clayton, só parece ter a ambição de recuperar plenamente a atmosfera ambígua da narrativa. Quanto à ambigüidade, não há dúvida, desde o começo da narrativa, embora alguns críticos tenham julgado o filme "psicanalítico" demais. A primeira imagem é a da preceptora, de mãos postas, afirmando (e tendo ao fundo pios agourentos de aves noturnas) que só quis o bem das crianças. Tal afirmativa, no início do filme, já nos põe diante de uma questão que só aos poucos se vai colocando e só no final se delineia inteiramente. Constitui-se, assim, uma espécie de pré-aviso sobre a complexidade e dubiedade dos fatos a serem narrados.

O que acontece com a narrativa fílmica é que ela talvez pretenda ser uma recuperação aproximadamente fiel do texto, mas há, já no início, uma eliminação tática compreensível à luz da lógica rítmica de qualquer filme que não se pretenda documental ou experimental. O filme elide por completo o prólogo da novela, colocado por Henry James justamente pela tática oposta, a de não deixar o seu texto confundir-se com o de uma história banal só de terror e suspense.

Diversamente da apreensão de um filme, sempre imediata e dentro de limites temporais definidos, a de uma novela se dá por etapas. Ainda que se possa, por hipótese, ler cerca de 150 páginas em um dia, em geral isso é feito em vários tempos. Conclui-se que o modo de apreensão de um objeto interfere de modo decisivo na estruturação do mesmo. E marca a diferença das linguagens. A elisão do prólogo constituiu uma mudança significativa, por eliminar a narrativa dentro da narrativa da elaboração literária complexa de James e assim, *ipso facto*, o viés do *flashback* narrativo. No prólogo, algumas pessoas se reúnem para ouvir uma história antecipadamente anunciada para esse auditório de câmara como uma história cheia de estranhezas. O leitor anuncia um texto que lhe foi dado há tempos por uma senhora que exercia a profissão de preceptora. Seus comentários sobre essa personagem são significativos para uma avaliação do caso, mas ao mesmo tempo vagos demais para que se esclareçam as ambigüidades dos fatos narrados. E tudo parece dosado milimetricamente por James para que permaneça uma certa indecisão sobre o sentido dos fatos.

Elidindo o prólogo, Jack Clayton transformou a narrativa indireta numa direta, sem a interposição do *flashback,* que "esfriaria" o suspense contínuo, segundo a intenção de James de evitar que sua obra se confundisse com um simples romance de horror. Em seu lugar pôs as preces da preceptora (que no filme é "Miss Giddens", mas no texto é nomeada apenas como "a preceptora"), que soam, anacronicamente em relação ao começo do filme, como um pré-aviso. Embora os acontecimentos se sucedam, a seguir, tal como no livro, vários detalhes (que não estão no texto) são interpostos para acentuar o caráter mórbido das situações em relação ao caráter "inocente" das crianças. Por exemplo: Flora chama a atenção para uma borboleta que está sendo devorada por uma tartaruga; Miles recita, numa espécie de cerimonial, um poema de invocação estranha a um "Senhor"; e ambos, depois de uma inocente brincadeira de esconde-esconde, gargalham do alto de uma escada diante de uma assustada Miss Giddens. São detalhes só do filme. Eles querem sublinhar a malignidade do contexto e ao mesmo tempo conservar a dúvida sobre a sanidade mental da preceptora e suas visões. No final, há um beijo da preceptora no pupilo, como se selasse, morbidamente, uma fatalidade romântica, o que está ausente do texto de James, mais distanciado e sóbrio. Não há nada que se possa opor, esteticamente, à tática cinematográfica de Clayton. Essas "infidelidades" são justificáveis em função de se manter um determinado clima de suspense, que no texto só é possível identificar nos pré-avisos de James. Não se trata, aqui, de acentuar a ascendência de uma forma sobre outra, mas de revelar essas diferenças. No caso de James & Clayton, não há, é claro, o duelo de personalidades antagônicas do caso anterior de Kafka & Welles. Mas, mesmo assim, eles se distanciam pelos seus propósitos. No prólogo fica claro que James quer escolher um determinado auditório, pequeno e coeso, para ouvir uma história aparentemente incomum. São justamente as características raras que o interessam. Trata-se, também, de indagações sobre o psiquismo humano. Elidido o prólogo, fica evidente que o interesse da narrativa cinematográfica é sua continuidade tensa, e não as digressões sobre o móvel das ações dos indivíduos. Que nunca é inteiramente explicitado, no texto, mas apenas sugerido.

Talvez seja esta a diferença mais acentuada entre as duas linguagens: uma (a narrativa literária) tende para a sugestão, a insinuação, o estabelecimento de instâncias mediadoras, como prólogos, pré-avisos; a outra (a narrativa fílmica) tende para a exposição direta (os *flashbacks* sendo, em geral, interposições de breve duração no conjunto narrativo), a literalidade funcional das imagens (com exceções, naturalmente, para algumas formas de cinema metafórico ou fantástico), que expressam aquilo que são e a explicitação objetiva da linguagem verbal. Isso tudo com a exceção de uma arma com que o cinema conta para dizer aos espectadores mais do que diz. Como a literatura de ficção não conta com ela no seu arsenal de efeitos, ela a substitui pelas elipses dentro da narrativa, que funcionam da mesma forma. Essa grande arma é o silêncio, quando não se diz nada dentro do filme, e nem sequer se ouve o zumbir de um inseto ou o tremular de uma folha. Tome-se como exemplo a seqüência em que o fotógrafo do filme *Blow-up*, de Antonioni, amplia detalhes de uma foto e os vai colocando na parede para formar a seqüência de um suposto homicídio. Há um total silêncio. E, no entanto, tal silêncio está prenhe de significação e dramaticidade. Isso não surge em qualquer tipo de filme. Está quase sempre ausente nos de aventuras e de ação; nas comédias ou musicais; nos épicos ou históricos etc. Em troca, aparece com freqüência noutros gêneros, como os dramas (para acentuar todos os impasses dramáticos); os filmes policiais e, sobretudo, de suspense (para acentuar o clima de mistério e de expectativa); certos filmes de faroeste (para acentuar a tensão ambiental) e, enfim, em qualquer tipo de filme em que se sinta a necessidade de acentuar o predomínio da tensão sobre a ação. E são particularmente esses momentos de silêncio que pontuam o suspense dramático do filme de Clayton.

A arte de adaptar textos literários ou teatrais tem seus praticantes sistemáticos na cinematografia do mundo inteiro. No cinema japonês, por exemplo, um dos seus maiores nomes, Akira Kurosawa, ao lado das obras de roteiro original, fez duas das adaptações mais célebres de peças de Shakespeare: *O trono manchado de sangue* (1957), sobre *Macbeth*, e *Ran* (1985), sobre o *Rei Lear*; uma de Dostoiévski, *Hakuchi* (1951), do romance *O idiota*, e duas versões de Gorki, *Ralé* (1958) e *Dodeskaden* – *O caminho da vida* (1971), ambos sobre a peça *Na dne* (no Brasil, *Ralé*). Na comparação com o *Macbeth*, de Orson Welles, *O trono manchado de sangue* não só não sai inferiorizado, como obtém um tom de crueza que até rivaliza, em alguns pontos, com a brilhante versão americana. De *Rei Lear* é difícil encontrar versão superior à de *Ran*, que consegue traduzir em imagens fortes o impacto de desmantelo total do original da peça shakespeariana, sendo o desmoronamento final do monarca que submerge na demência um *pendant* perfeito do caos em torno dele; e, quanto às imagens, que parecem desorganizadas e cruentas, elas são uma representação homóloga da desordem moral e psíquica em que afundam todos os personagens. O acuamento do Macbeth em *O trono manchado de sangue* é, por igual, também representado pelas imagens que vão confinando o personagem no espaço final. Por fim, *O idiota* de Kurosawa não deixa dúvidas: é, até hoje, com certeza, a maior versão cinematográfica da obra homônima de Dostoiévski, superior às versões russa e francesa pelo seu teor de impacto visual. Nesse romance, no qual a crítica contemporânea ao autor conseguiu identificar uma atmosfera de "pestilência demencial" (Saltikov-Chédrin, também um ficcionista notável, mas inimigo crítico implacável de Dostoiévski, confessou-se perplexo ante uma obra que lhe parecia "desestruturada", e lhe parecia, ainda, tê-lo introduzido dentro de um manicômio, embora se curvasse ao poder criativo excepcional do autor), o romancista lançou mão de recursos extremos de uma espécie de caos elaborado. Toda a seqüência em que o personagem Ragójin, rival do príncipe Michkin, lança ao fogo o dinheiro para testar um ambicioso candidato a casar-se com Nastássia Filipóvna, é notável pela tensão ambiental. Mas o essencial é que o filme, tanto quanto o romance, lança os espectadores num envolvimento profundo com o atropelo convulsionado das ações em curso. Para tanto, é claro, o diretor teve de operar incisões profundas, eliminar personagens, situações e partes inteiras do texto, para que o todo, mais extenso que a média dos filmes dele, tivesse o efeito de algo coeso e tenso, e o impacto permanecesse até o fim.

Há casos em que a adaptação cinematográfica de um texto literário, em si mesma problemática quanto à captação do sentido da obra, transforma-se em verdadeiro desafio para o diretor, e esse é o caso do romance *Die Verwirrungen des Zöglings Törless* (*As perturbações do aluno Törless*), de Robert Musil, cuja adaptação fílmica, *O jovem Törless* (1966) foi realizada por Volker Schlöndorff no início da sua carreira. Chame-se a atenção para o fato de que Schlöndorff teve em sua bagagem posterior vários filmes que se constituíram em adaptações de obras literárias famosas, cujos êxitos ou *échecs* foram variados. É provável que *A honra perdida de Katharina Blum* (1975), do romance homônimo de Heinrich Böll, seja talvez a melhor das adaptações de Schlöndorff, mas também se podem citar como boas realizações *Um amor de Swann* (1984), de Marcel Proust (da parte inicial do volume *Du coté de chez Swann*, que integra *A la recherche du temps perdu*), e *A morte de um caixeiro-viajante* (1985), da peça homônima de Arthur Miller. Mas o problema de *O tambor de lata* (1979), no Brasil, *O tambor*, do romance homônimo de Günter Grass é algo mais complicado: embora valioso como reconstituição da parte inicial do livro, que narra a infância do personagem até sua queda, tendo como efeito neurológico a paralisação do seu processo de crescimento físico, deixa muito a desejar com a elisão da parte posterior, por se constituir numa mutilação séria do sentido geral da obra. Segundo parte da recepção crítica, o livro poderia ser uma alegoria do processo histórico alemão, desde o nazismo e a Segunda Guerra Mundial (a infância do herói e seu tambor de lata sinistro) até sua maturidade mutilada, ou (metaforicamente) o pós-guerra e, enfim, seu enriquecimento (a contemporaneidade), que atropela tudo (o herói deformado chega a roubar a namorada do filho, e se torna seu amante). Naturalmente, como era de se esperar, Grass desmentiu enfaticamente essa intencionalidade alegórica. De qualquer modo, a elisão desmente a compreensão do todo. Talvez Schlöndorff tivesse tido o propósito de nos dar uma versão mutilada da suposta alegoria, se tal hipótese interpretativa, desmentida pelo autor, tivesse algum fundamento.

Voltando a *O jovem Törless*, não é possível hoje, mesmo após tantos anos, negar a qualidade superior do filme. É realmente notável e sobrevive com todas as suas qualidades de tensão narrativa. Schlöndorff parece seguir passo a passo o desenvolvimento do romance, cuja virtude mais destacada na época de seu aparecimento (1906) foi o tom incisivo, sem concessões sentimentais, a ausência de rodeios ou de linguagem preciosa e, sobretudo, conforme assinalou um famoso crítico alemão da época, Alfred Kerr, a ausência intencional de "poesia" (no sentido convencional do termo). De fato, o filme parece duro o bastante para recuperar a violência da linguagem de Robert Musil (só com 25 anos, incrivelmente, ao escrever o texto). Sua atmosfera e ritmo parecem adequados à reconstituição dos entretons de cinza da narrativa do jovem autor. O que falta então? Algumas elisões da violência sádica amenizam a narrativa e o filme passa uma impressão menos implacável que o livro. Não que Musil se pretendesse "realista". Ele mesmo proclamou, ironicamente, que tentou passar a trama para um escritor "realista", mas não houve interesse. O que não passa do romance para o espectador desinformado são os substantivos por acaso elididos no título do filme: *Die Verwirrungen des Zöglings Törless* (*As perturbações do aluno Törless*) se transforma apenas em *Der junge Törless* (*O jovem Törless*). Mas são justamente essas "perturbações" o núcleo do texto. O aluno Törless é também um termo mais preciso e complexo do que o vago jovem Törless. Não sendo um naturalista, Musil se interessa por algo que não é tão visível, e que são essas "perturbações" em que o personagem se envolve, *cosa mentale* e não *cosa visibile*, que podem até ser verbalizadas numa teia lingüística, mas dificilmente passam para as imagens. Esse o principal desafio enfrentado por Schlöndorff, que tenta contorná-lo, e o consegue apenas em parte, através de uma teia de imagens visualmente conturbadas. Quanto ao termo concreto aluno, do título do livro, não só qualifica o personagem e sua condição, como o "despoetiza", secamente, dentro das intenções autorais que foram argutamente apontadas pelo crítico na referência acima. O jovem Törless é, assim, um termo não-qualificador, o que se afasta de Musil. Será esse, talvez, um detalhe menor, mas significativo; embora nada disso, deve-se ainda insistir, desqualifique o filme, em tantos pontos notável, do então também muito jovem Schlöndorff. Antes de mais nada, deve-se chamar a atenção para o fato de que o filme cresce significativamente nas seqüências mais violentas. Boa parte delas decorre em um ambiente escuro de porão, onde os enquadramentos fotográficos se tornam tortuosos enquanto transcorrem as sessões de sevícias do personagem fraco de Basini, ladrãozinho do armário de um colega (Bleineberg) por necessidade de pagar uma dívida, que é vítima dos algozes Reiting e do próprio Bleineberg, jovens estudantes sádicos oriundos de "boas famílias" burguesas. Estas sessões são contempladas passivamente pelo jovem Törless, que só reagirá tardiamente ao festival de violência. O audacioso jovem autor, Musil, faz com que Törless, de tanto interessar-se compassivamente pelo destino do infeliz e submisso Basini (e também algo delicado e "feminino"), apaixone-se pelo rapaz a ponto de ter com ele relações muito íntimas. Isso, naturalmente, não passará pelo filme, a não ser como leve sugestão. A seqüência mais aterrorizante, no final do filme, mostra o jovem Basini sendo suspenso cruelmente pelos pés pelos colegas, aos quais é "entregue" pela perversa dupla Reiting e Bleineberg. O seu corpo é girado, provocando a sensação de "vertigem da violência". Esta sensação visual é um dos pontos altos da criação imagética de Schlöndorff, a sua diferença maior com o texto. O que não passa para o espectador, a não ser como sugestão, são as sutilezas psíquicas das "perturbações" do jovem Törless, nem, muito menos, suas curiosas digressões filosóficas, considerando os limites entre o bem e o mal na alma humana (numa trilha quase dostoievskiana, pode-se considerar) tão difíceis de serem compreendidos e definidos quanto a realidade puramente abstrata dos números imaginários. Trata-se, o romance e o filme, de linhas paralelas que não se encontram. No fim, as intenções de Schlöndorff são participativas (a denúncia da violência íntrínseca de um sistema social praticamente pré-facista) e as de Musil, especulativas (sobre a complexidade enigmática da dualidade da natureza humana, dentro da teia de reflexões do aluno Törless, em choque com os fatos).

Deve-se, pois, chamar a atenção para outro fator: a estrutura de uma narrativa de ficção naturalmente incide sobre a estrutura fílmica. Assim é que a narrativa quase sempre "objetivista", ou a linguagem explícita de reportagem, propositada, de Heinrich Böll em *A honra perdida de Katharina Blum* foi fator decisivo para o efeito rítmico estrutural do filme homônimo de Schlöndorff, que exerce particular fascínio sobre o espectador. Ao contrário, a obra de Musil, embora seca e despojada quanto à escrita, envolve complexidades subjetivas que se tornam muito difíceis de serem captadas pela linguagem visual, naturalmente.

Até aqui foram nomeados apenas filmes baseados em textos de alto teor literário de autores como Kafka, James,

Shakespeare, Dostoiévski, Gorki e Musil e alinhando-se diretores como Welles, o pouco conhecido e excelente Jack Clayton, Kurosawa e Schlöndorff. É óbvio que o nível excelente desses diretores concorre para que o resultado das adaptações fílmicas, ainda que apresentando elementos de dúvida, seja também excelente. São as exceções, às quais podem ser acrescentadas tantas outras, como *A caixa de Pandora* (1929), de G.W. Pabst, da obra homônima de Frank Wedekind; *A besta humana* (1938) e *Thérèse Raquin* (1953), filmes de Jean Renoir a partir dos romances homônimos de Émile Zola (com muitas probabilidades de que o último tenha inspirado o romancista James M. Cain em *The postman always rings twice*, e de que o filme de Renoir tenha influenciado a adaptação americana de Billy Wilder para o livro de Cain); *Lolita* (1962), da obra de Vladimir Nabokov, e *Laranja mecânica* (1971), da obra homônima de Anthony Burgess, ambos trabalhos excepcionais de Stanley Kubrick; *Obsessão* (1942), de Luchino Visconti, a partir do romance de James M. Cain (os filmes americanos de Tay Garnett e de Bob Rafelson foram lançados no Brasil, respectivamente, como *O destino bate à porta* (1946 e 1981); *O tesouro de Sierra Madre* (1948), do romance de B. Traven, e *Os mortos* (no Brasil, *Os mortos e os vivos* [1987]) do conto de James Joyce, obras duras e puras de John Huston; *Double indemnity* (*Dupla indenização*; no Brasil, *Pacto de sangue* [1944]), de Billy Wilder, do livro homônimo, também de James M. Cain; *O terceiro homem* (1949), da novela homônima de Graham Greene, e muitos outros. É preciso observar que os filmes baseados em bons romances policiais ou de suspense, como os dois títulos célebres anteriores, em geral resultam de grande eficácia rítmica, pois se propõem mais à ação, e portanto a recuperação pela linguagem visual é, em geral, mais plena. Em tempo: embora nem o livro de Anthony Burgess, *Laranja mecânica*, nem o filme homônimo de Stanley Kubrick, sejam, de modo algum, obras de suspense, mas antes proponham uma espécie de parábola ético-filosófica, eles contribuem com um ritmo exuberante e uma plenitude de ação e de visões novas de grande impacto para a funcionalidade fílmica. Para comprovar a eficácia visual resultante desse gênero de obras literárias basta lembrar, ainda, filmes tão notáveis como *O falcão maltês*, lançado no Brasil, na época, como *Relíquia macabra* (1941), do romance homônimo de Dashiell Hammett, e *The asphalt jungle* (*A selva de asfalto*; no Brasil, *O segredo das jóias* [1950]), do romance de W.R. Burnett, ambos de John Huston, e *The big sleep* (*O grande sono;* no Brasil, *À beira do abismo* [1946]), de Howard Hawks, do livro homônimo de Raymond Chandler (com roteiro de William Faulkner, entre outros). Ou, ainda, para completar, os filmes excelentes tirados de romances de Patricia Highsmith sobre o personagem Ripley e outros, como *Plein soleil* (*Sol pleno;* no Brasil, *O sol por testemunha* [1959]), de René Clément; *Strangers on a train* (*Estranhos no trem;* no Brasil, *Pacto sinistro*[1951]), de Alfred Hitchcock, (com roteiro de Raymond Chandler); e *Der americanische Freund* (*O amigo americano* [1977]), de Wim Wenders, sobre o romance *Ripley's game* (*O jogo de Ripley*).

Para encerrar essa enumeração (quase) caótica, seria preciso recordar que inúmeros filmes, particularmente os situados na área do suspense, os da antiga corrente do *film noir* e mesmo alguns policiais datados conseguiram alcançar um nível alto de funcionalidade formal partindo de textos originais de autores obscuros ou sem grande expressão. Assim aconteceu com duas obras raras, como *Night and the city* (*A noite e a cidade;* no Brasil, *Sombras do mal* [1950]), de Jules Dassin, de um obscuro romance homônimo de Gerald Kersh, e *Touch of evil* (no Brasil, *A marca da maldade* [1958]), de Orson Welles, de um romance também quase ignorado de Whit Masterson, ambos (os filmes) com um rendimento estético supremo. Esse gênero de obras desenvolveu, em geral, um ritmo quase frenético de ação (no qual Welles era especialista), em que os personagens se encontravam enredados em teias de enigmas, ameaças e perseguições, e tal clima tem um *pendant* fotográfico em sombras, angulações e enquadramentos característicos, originados tanto do expressionismo em si, sobretudo o de Robert Wiene no já citado Dr. *Caligari*, como do pós-expressionismo de Fritz Lang, em especial *M — eine Stadt such Mörder* (*M — a cidade procura assassino*; Brasil, *M — o vampiro de Dusseldorf* [1931]). Mas deve-se observar que esses dois filmes foram realizados sobre roteiros originais, e não adaptados de textos literários.

Se tantos filmes tendo como base textos literários, como os acima enumerados, apresentam elementos de qualidade cinematográfica suficientes para entrar na história dessa arte, isso não significa que as relações entre a linguagem textual e a linguagem visual sejam sempre harmônicas. Na verdade, esses filmes constituem uma exceção. O fator principal das relações duvidosas entre as duas linguagens é que a linguagem verbal é mais internamente ligada à expressão de valores subjetivos. E, enfim, para lembrar a famosa distinção deleuziana, a literatura é uma arte da profundidade, enquanto o cinema, arte visual por excelência, é uma arte da superfície. Quer isso dizer que, enquanto numa narrativa literária o eu do sujeito da ficção pode ser esquadrinhado em todas as suas reentrâncias (tal como acontece no texto de Musil aqui já comentado, em que o personagem Törless é visto de diversos ângulos pelo discurso verbal), na narrativa cinematográfica ele surge limitado à sua imagem visual, dependendo da expressividade interpretativa do ator ou de um discurso verbal explicativo das suas intenções em *off*, nem sempre funcional em relação ao ritmo da obra. Tal discurso fora da imagem está presente, por exemplo, na primeira versão do filme, em grande parte marcado pelo seu ritmo expressivo, que é *Blade Runner, o caçador de andróides* [1982], baseado no livro de Philip K. Dick (*Do Androids Dream of Eletric Sheep?*). A intenção meramente comercial dos produtores foi dar uma "explicação" ao público das ações do herói Deckard, pois caso contrário elas pareceriam gratuitas e cruéis. Mas o resultado foi retirar da narrativa todo o suspense de quem não sabe aonde vão dar as ações em si mesmas perigosas, estando o resultado previsto pela narração em *off*. Retirada esta da versão autorizada pelo diretor Ridley Scott, o filme ficou menos cor-de-rosa e o final mais inquietante, pois foi deixado em suspenso, ao se tornar mais clara a condição de "replicante" do herói em fuga, nebulosa na primeira versão. Assim, a sangrenta perseguição de Deckard aos replicantes, tratados como marginais rebeldes ao sistema, caracterizou-se como algo cruel de homicídio de "irmãos" do próprio detetive, criados pelo mesmo "pai" científico. O filme ganhou uma nova dimensão psíquica com a revelação. Houve, também, uma melhora da qualidade estética com a nova dinâmica e com a modificação da estratégia narrativa, que se tornou mais relacionada com suas inúmeras qualidades visuais e as qualidades expressivas de seus intérpretes, que se tornaram mais convincentes. Um exemplo ainda mais ilustre do que este ocorrera antes com a nova montagem do filme de Orson Welles, *A marca da maldade*, seguindo instruções escritas do diretor, mas só consideradas *post-mortem*, depois que a obra se tornara clássica.

Uma realização visualmente deficitária é o fator explicativo, pelo menos relativo, do fracasso de algumas adaptações. É difícil lembrar, por exemplo, de êxitos consideráveis nas adaptações de obras de Dostoiévski. Ele foi um autor não ligado ao descritivismo ambiental, com raras exceções. Em troca, especializou-se em esquadrinhar as ações humanas e suas intencionalidades profundas. Não se interessou tanto pela paisagem externa, preocupação, por exemplo, bem definida pela estética naturalista, da qual ele se afastou para uma direção diametralmente oposta, a de pôr em primeiro plano a paisagem psíquica. Num romance sufocante, *Crime e castigo*, por exemplo, o objeto "crime", posto depois em total destaque na literatura policial do século XX, é colocado em segundo plano. O primeiro plano é ocupado pelo personagem Raskólnikov, que assume uma inusitada condição de herói criminal. Além da discussão filosófica que ele propõe para justificar seu crime, coloca-se numa tela de fundo também uma discussão ideológica de caráter social. Complexidades psíquicas de um herói herético (*raskól* = heresia, em russo), difíceis de serem captadas em sua plenitude pela linguagem visual. Não há, por isso, versões cinematográficas memoráveis desta obra, exceto a já citada versão expressionista de Robert Wiene, cujo impacto visual supera, de longe, qualquer questão de adaptação de uma obra-prima literária. Essa questão é posta em segundo plano pela extrema peculiaridade da linguagem expressionista, que ressalta o uso não convencional de enquadramentos expressionistas, tal como o trabalho anterior, *Dr. Caligari*, do mesmo diretor.

Além da versão de *O idiota* de Kurosawa, outras duas versões, uma francesa (com a virtude de trazer um ator extraordinário, Gérard Philipe, no papel-título do príncipe Michkin) e outra russa, deixaram a desejar na recuperação da tensão dramática do original, só obtida visual e ritmicamente na versão japonesa.

Não há, do conhecimento do autor dessas anotações, versões satisfatórias de duas obras-primas dostoievskianas: *Os demônios*, noutras versões, *Os possessos* (provavelmente através do francês, *Les possedés*) e *Os irmãos Karamazov*. Do primeiro, há uma versão de Andrezj Wadja, *Os possessos* (1987), absolu-

Cena de *Raskolnikov*, de Robert Wiene, 1923.

tamente insatisfatória na recuperação do clima de conflito dos personagens. Wadja está, no final, aparentemente perdido no meio do tumulto das ações, e o que, no texto, é um conflito de desencontro entre ações e intencionalidades, no filme se dissolve na banalidade da sucessão de imagens. Perde-se, assim, todo o impacto do original, que se faz irreconhecível aos olhos dos leitores atentos do escritor (ou, ao menos, deste leitor-espectador). Mas, se tal é conforto, diga-se que há uma versão americana, *Os irmãos Karamazov* (1958), de Richard Brooks, muito pior. Como é possível imaginar um personagem sensível e transtornado como Dmitri na pele do insípido Yul Brynner? Quem lê o livro e vê o filme tem a sensação de que está diante de obras muito distintas, sendo a estrutura dramática do original e mais o paradoxo das ações de personagens complexos transformados em peripécias de telenovelas.

Um dos fatores mais prejudiciais à adaptações de êxito de grandes obras de ficção como, por exemplo as obras de Liev Tolstói *Guerra e paz* e *Ana Kariênina,* é a linguagem grandiloqüente que o cinema tem considerado ser adequada à recuperação de um clima épico ou hiperdramático dessas obras. E não é só no cinema americano, pois é difícil absorver qualquer das versões existentes de *Guerra e paz,* seja a americana, que a crítica americana considerou "mais MGM do que Tolstói", seja a russa, de Serguei Bondartchuk (1968), que segue a mesma linha de grandiloqüência hollywoodiana. Diga-se o mesmo de *Ana Kariênina,* vivida, na versão hiperdramática de 1935 de Clarence Brown, por uma inadequada Greta Garbo. É possível que Tolstói se reencontrasse no cinema se houvesse, por acaso, alguma versão de *A morte de Ivan Ilitch.* Pois, quando o cinema se afasta dos propósitos "épicos" e se compraz numa escala menor, os resultados são sempre melhores. Isso ocorre plenamente, com Tolstói, na novela *Padre Sérgio,* transposta para o cinema pelos irmãos Taviani no interessante filme *Il sole anche di notte* (*O sol da meia-noite* [1990]). É o caso, ainda, da adaptação de Luchino Visconti da novela *Noites brancas* (no Brasil, *Um rosto na noite* [1957]), de Dostoiévski, cujo êxito se deveu, em grande parte, às atuações de Marcello Mastroianni e Maria Schell. E, mais recentemente, teve-se a surpreendente adaptação americana do difícil texto *Memórias do subsolo*. Embora seja declaradamente uma adaptação, que pressupõe cortes e recortes do original, e algumas inevitáveis "modernizações", pois a trama é transposta para a nossa época, com seus ambientes, vestes e costumes, o filme *Notes from underground* (*Notas do subterrâneo* [1995]), de Gary Walkow, surpreende pela recuperação da atmosfera de sufocação em que um personagem se diz, desde o início, um doente (psíquico) e age segundo a lógica da sua doença declarada. As "notas" do personagem não são escritas num caderno, mas ditadas a um gravador, que no final é desligado com a observação "Não quero mais saber dessas 'Notas do subterrâneo'. Chega!", mais ou menos como na novela, quando um caderno de anotações é posto de lado. Na adaptação cinematográfica, não por acaso, o tom de auto-ironia do personagem é mais explícito, graças à expressão do ator.

De forma genérica, pode-se dizer que uma literatura "de câmara", como são os contos, as novelas e alguns romances de breve extensão, pode dar vazão a adaptações cinematográficas mais precisas e formalmente mais próximas do rigor que é exigido em maior grau das obras de linguagem verbal em relação às de linguagem visual, mas isso não pode converter-se, é lógico, numa norma criativa. Aqui não é, de modo algum, o lugar de defender esta ou aquela linguagem, mas apenas de apontar, em ambas, os seus limites e adequações. Não se trata, de fato, de uma "defesa da poesia da linguagem". Na verdade, em inúmeros casos, o "detonador" literário ou não tem expressão alguma ou, mesmo tendo algum valor literário, serve apenas como referencial básico.

Um exemplo histórico disso é o conto "The killers" ("Os assassinos"), de Ernest Hemingway, que é uma narrativa muito viva e breve, composta quase toda de diálogos. Dois matadores de aluguel entram num restaurante para esperar um determinado cliente, Ole Andreson, que deveria ser morto. Amarram o cozinheiro Sam e mais um amigo do *barman*, Nick, que ali se encontrava casualmente, e ameaçam o *barman*, George, para que siga todas as suas instruções enquanto esperam o cliente.Tratam Nick e George, igualmente, como "bright boy" e chamam o cozinheiro de "nigger". Como Ole não aparece, eles se vão, dizendo a George que ele e os outros estão com sorte. George pede a Nick que vá avisar Ole, que está recolhido num quarto e se recusa a sair da cidade. Nick volta e conta a George. A frase final deste é: "Bem, é melhor você não pensar mais nisso." O conto é só isso, termina aí. Mas toda a sua estrutura dialogal sugere, naturalmente, o fragmento de um filme de gângster característico, o que não deve ter sido casual na mente do autor. No filme *Assassinos* (1946), de Robert Siodmak, o diretor segue a admirável seqüência inicial tal como está no conto, mas os roteiristas, Anthony Veiller e John Huston (sem créditos), desenvolveram toda uma história complicada a partir da qual se explicou a odisséia de Ole Andreson (Burt Lancaster) e até se interpôs, naturalmente, uma *femme fatale* na trama (Ava Gardner), para conquistar Andreson. Entende-se por que Huston não quis estar nos créditos: quis só embolsar um troco. Apesar disso, *Assassinos* é um excelente exemplo de *film noir*. E gerou um *remake* e vários filmes parecidos, porque (como poderia dizer Carlos Drummond de Andrade em "Igual/Desigual" [in *A paixão medida*]) todos os filmes de gângster são iguais. E não têm mais nada com Hemingway, pode-se acrescentar.

Há outro exemplo de "traição" bem-sucedido. A novela de Joseph Conrad, *The Heart of Darkness* (*O coração das trevas*), sempre esteve nos planos de filmagem de Orson Welles, o qual pensava, é claro, em viver o personagem Kurtz. Os estúdios não se interessavam, achando pouco comercial. Os estúdios e os produtores sempre viram com suspeita o trabalho de Welles e não davam colher de chá. Mas Francis Ford Coppola, em *Apocalypse now* [1979], sua obra-prima, descobriu um ovo de colombo. As selvas descritas por Conrad estão num país africano, mas ele as transformou nas selvas do Vietnã, onde se desenrola uma guerra, da qual Kurtz é desertor. A história do filme é a tentativa de descobrir este desertor. Coppola se desvia profundamente da narrativa de Conrad ao intrometer nela a guerra do Vietnã. A partir de uma novela ele desenvolve uma espécie de épico da negação e da loucura. Não é só Kurtz (Marlon Brando) que está insano, como se revela depois, mas os que participam na guerra com todo o empenho de destruição que ela gera. Há um oficial insano (Robert Duvall) que comanda uma esquadrilha de ruidosos helicópteros que destrói uma aldeia vietnamita com civis ao som (estridente) da "Cavalgada das valquírias" (de *A valquíria*, de Richard Wagner). Parece óbvio que Coppola inspirou-se para isso, por incrível que pareça, na mera e (sinistra) realidade da Segunda Guerra Mundial, quando os aviões da Luftwaffe atacaram a França ao som da mesma música de Wagner, usada para fins com os quais ele jamais sonharia. O que pareceu delírio no filme não foi mais do que a reprodução de um fato histórico anterior. A realidade é que delirou? O elemento genial que Coppola acrescentou foi transformar os bombardeiros nazistas em besouros sinistros, ou seja, os helicópteros americanos. Naturalmente, Joseph Conrad também jamais sonharia com isso. E por que um texto teria algo a ver com a sua adaptação? Ou, ainda: por que a ficção teria algo a ver com a realidade?

Muito mais, ainda, se teria a dizer sobre as relações entre literatura e cinema. Elas podem ser duvidosas ou desastrosas, ou podem até ser mais do que proveitosas, tudo dependendo do ângulo em que se coloque o espectador, dentro daquele princípio de relatividade da visão do real. Não se poderá afirmar nunca, a não ser que se trate de obras literárias sem relação estrita com a economia da linguagem verbal e seu sistema de valores, que quem viu um filme tirado de um livro não precisa lê-lo. Esse é o ponto de vista mais estrito: o da estrutura lingüística, que não pode ter equivalência rigorosa na linguagem visual, a não ser que se pense no paradoxo segundo o qual duas paralelas se encontrarão em algum lugar no espaço infinito. Assim, por exemplo, até já houve (em 1967), mas como se pode pensar numa versão cinematográfica do *Ulisses*, de Joyce? E já houve, também, mas como se pode pensar numa versão fílmica de *Grande sertão: Veredas*? Houve até um filme de ficção (e dos melhores da corrente do *film noir*), *The Set-up* (*O arranjo*; no Brasil, *Punhos de campeão* [1949]), de Robert Wise, que teve origem em um poema homônimo de Joseph Moncure, poeta que foi esquecido, mas o filme de Wise é sempre lembrado como um dos melhores exemplos da sua fase inicial (e melhor, artisticamente). Mas que filme pode recuperar uma obra de pura linguagem verbal, que filme pode representar por imagens "Le bateau ivre", de Rimbaud? Ou "Un coup de dés jamais n'abolira le hasard", de Mallarmé? Não há imagens visuais que dêem conta disso, pois é uma linguagem concreta que bate contra outra linguagem, também concreta, mas de percepção menos evidentemente sensorial.

Não se deve pensar, contudo, que literatura e cinema não têm nada a ver entre si. Têm, sim, evidentemente. O elemento comum entre as duas linguagens é que ambas são ou se podem constituir como estruturas narrativas. De ordem diferente, mas narrativas. Tanto a literatura quanto o cinema podem não narrar coisa alguma, também. No caso da literatura, ela pode ser ensaio ou poema, formas não-narrativas, em princípio. A poesia de outras épocas já foi intensamente narrativa. Hoje, que a forma lírica venceu o *epos* (e que Aristóteles já perdeu a aposta há tanto tempo), toda poesia é não-narrativa, exceto algumas formas dramáticas, hoje raras. Mas o cinema, quando não é arte narrativa, é documental, afora algumas exceções experimentais, que não são nem narrativa, nem documentário. São–como dizer?– objetos fílmicos, como as experiências antigas de um Dziga Vértov, de um René Clair ou de um Luís Buñuel, contemporâneas do construtivismo russo, do dadaísmo franco-suíço ou do surrealismo francês, ou as experiências da segunda metade do século xx de um Andy Wahrol, dentro do universo da *pop art* americana, ou de um Chris Marker, do documentário francês moderno, e outras, que pertencem mais ao universo das artes conceituais, como os filmes de Joseph Beuys, Hélio Oiticica e outros. Isso seria assunto para outras reflexões. Aqui se considerou (e não esgotando o tema), nessas divagações, a questão das variantes ficcionais no âmbito da literatura e do cinema, enfocando suas diferenças de ângulo de visão de um mesmo objeto dentro do cinema figurativo médio.

Ácidos e venenos das festas chilenas

Quando se pensa nos festejos dedicados à chegada do couraçado chileno *Almirante Cochrane*, em outubro de 1889, ao porto do Rio de Janeiro, e na recepção festiva dada aos seus oficiais pelas autoridades e representantes de entidades culturais diversas, em eventos devidamente registrados em tom às vezes solene e peremptório, não se deve pensar que houve unanimidade quanto à conveniência desses festejos. Longe disso, certos setores da imprensa, sobretudo os que estavam ligados menos ao noticiário em si do que ao comentário sobre as notícias, foram muito críticos e mordazes em relação a quase tudo relacionado ao evento, da inconveniência dos excessos e dos gastos milionários dos poderes públicos ao provincianismo do comportamento social de certas camadas que se autoproclamavam de elite. Há em quase tudo, exceto no que se trata de mero chiste, um clima de oposição crítica ao próprio *status quo* reinante no país, sob a gerência político-administrativa do visconde de Ouro Preto e de seu gabinete conservador, ainda no regime imperial.[1] Também não se deve pensar em atribuir tais excessos unicamente ao regime im-

---

1   O visconde de Ouro Preto organizou o novo gabinete liberal a 7 de junho de 1889.

perial reinante, que já seria, por si, pomposo. Pois com a mudança do regime no meio da visita, com o país passando de repente, quase que só no grito, de imperial a republicano, não mudou em nada o tom grandiloqüente que tantas vezes se registrou na imprensa, nos órgãos ditos sérios ou pelo menos na cobertura em tom sério, melhor se diria "serioso", dos acontecimentos. É algo que vai mais fundo e mais longe e diz respeito à linguagem "oficialmente" aceita pelo *establishment* literário como simples reflexo ou reprodução, para falar em termos de Pierre Bourdieu. Mas, é fatal observar-se, quase tudo que de mais crítico se escreveu foi dentro de um registro em tom menor, quando não de viés, lateralmente, em relação ao sistema estabelecido, sem um confronto declarado. Isto é, mais dentro do clima do chiste e da ironia às vezes velados, para driblar a censura, fosse esta declarada ou disfarçada pelas exigências de seriedade. Esse registro em tom menor tende, na maior parte das vezes, a uma crítica mais casual do que sistemática, correndo mais ao sabor do aleatório das notas e crônicas leves do que dos artigos de peso. Tende, portanto, mais ao veneno das pequenas cápsulas do que ao ácido da crítica mais demolidora. O que não quer dizer que não haja exemplos desta última forma de manifestação crítica. Há, sim, porém em muito menor escala. Outro aspecto digno de ser observado é o fato de que a maior parte deste material se oculta no anonimato, onde a ousadia crítica é mais fácil. Em 36 itens agrupados, há apenas um caso de assinatura explícita (um artigo de Aristides Lobo[2]) e alguns casos de assinaturas com pseudônimos, em princípio identificáveis, embora nem sempre. Todo esse quadro pode nos conduzir a algumas conclusões ou hipóteses.

---

2   Aristides Lobo, um dos líderes republicanos, que assumirá, no governo de Deodoro da Fonseca, o Ministério do Interior. Aproveita a oportunidade para saudar os chilenos, que vinham de uma República, em nome dos republicanos brasileiros.

A primeira conclusão é que, sendo a crítica reservada, na maior parte, a veículos leves (como as notas e as crônicas), a oposição mais sistemática ao regime, ou pelo menos ao gabinete do visconde, teria mais de que se ocupar naqueles dias do que da presença dos chilenos. A este assunto se reservou o lugar de evento social ligeiro, algo mais no capítulo das amenidades do que dos acontecimentos conseqüentes. A parte da imprensa que se ocupou a "sério" do assunto dedicou-se:

a. desde o programa oficial do evento, com as visitas a diversas instituições — do Paço Imperial às folhas diárias, da Escola de Medicina à Casa da Moeda, da Escola Militar à Escola Politécnica, do Instituto Pasteur ao Instituto Histórico e Geográfico, da Academia de Belas-Artes ao Asilo dos Meninos Desvalidos (espelhadas em instituições de outros países, particularmente em instituições francesas, enfim, nada escapando aos organizadores do evento) — aos programas esportivos, recepções, banquetes, concertos e bailes; e,

b. em seguida, à caracterização minuciosa dos chilenos e do seu país. Praticamente, se pode dizer que a visita dos chilenos se constituiu como uma sinédoque: não era só a visita do *Almirante Cochrane* que estava em questão, mas uma visita do próprio Chile, o país "irmão", ainda que republicano, visita merecedora, pois, dessas amplas homenagens, por motivos claramente políticos.

A segunda conclusão é que aqueles que na verdade quiseram se ocupar do assunto seriamente, isto é, "descendo a lenha", no sentido crítico, seja nos organizadores, seja nos participantes ou na natureza do evento e sua organização, talvez não quisessem se expor demasiado, tanto pelo assunto em si, que poderia ser considerado frívolo demais, como por cautela em relação às autoridades oficiais. É possível que funcionasse, nesse sentido, mais do que uma censura de ordem externa, imposta pelo regime, uma censura interna na imprensa. A cautela, possivelmente excessiva, talvez se justificasse pelo momento delicado que então se vivia, de ebulição republicana e de conflito de poderes, que a proclamação da República exporá cruamente.[3] Contudo, os críticos não querem deixar de malhar. A via de escape é então, mais do que a repreensão séria (que também existe), o humor, a sátira, a chacota. Paradoxalmente, não se levou a sério o evento das "festas chilenas" quando se quis levá-lo a sério por um prisma mais político.

A terceira conclusão não é propriamente uma conclusão, mas uma hipótese. Talvez a forma de manifestação fosse considerada realmente a mais eficaz. De fato, que presumida "seriedade" (e como era "séria" a sociedade burguesa do século XIX, que, no entanto, nos seus últimos suspiros já era quase uma paródia de si mesma) poderia se manter de pé diante dessa crítica esparsa e fragmentária, desse irresistível picadinho satírico?

As notas, notinhas, crônicas leves, aspas, reticências, insinuações e outras técnicas semelhantes constituíram uma espécie de guerrilha crítica, mais eficaz na surdina do que na exposição em campo aberto. Essas técnicas de abordagem se revelam isomórficas em relação ao seu objeto, que era trazer à luz o ridículo seja das manifestações excessivas (e um pouco maníacas), seja da sociedade que dela participa, retirando-se-lhe as máscaras ideológicas.

---

3   De fato, os dias ainda estavam agitados em função de recentes crises militares, algo disso refletindo-se nos comentários das "festas chilenas", em que a Guarda Nacional, baluarte monárquico anti-Exército, sai muito criticada.

O primeiro a ser atingido é o barão de Ladário, ministro da Marinha, combatido por setores que não se conformaram com a censura oficial daquele ministério ao almirante Custódio de Melo, que, a bordo do navio *Almirante Barroso*, correspondera à festiva recepção que teve em Valparaiso, Chile, sendo reprovado por essas despesas. As "festas" dedicadas à recepção do *Almirante Cochrane* foram, assim, uma compensação do governo brasileiro ao Chile, na pessoa dos seus oficiais. É interessante lembrar, que, meio século depois, o barão seria jocosamente lembrado numa breve passagem da ferina "Pequena história da República", de Graciliano Ramos (in *Alexandre e outros heróis*, 1960), que aqui se reproduz:

NÃO MATEM O BARÃO
Nesse ponto a carruagem do ministro da marinha, barão de Ladário, surgiu na praça.
— É o Ladário, disse Deodoro a um tenente. Vá prendê-lo.
O ministro, porém, não quis ser preso e recebeu a intimação atirando no oficial. Felizmente a arma negou fogo. Um instante depois houve muita bala. E Ladário, bastante ferido, recuou, tentou recolher-se a um armazém próximo. Como as portas se fecharam, caiu na calçada. Iam acabá-lo a coronha de fuzil quando o marechal correu e o salvou.
— Soldados, não matem o barão!
Se essa frase não fosse dita, a Proclamação da República teria custado uma vida.

Na imprensa, o barão, embora apareça sendo malhado em artigos sérios, é sobretudo vítima de notas irônicas, destacando-se uma série intitulada "Corre como certo", que, além da chacota, prenuncia sua saída do ministério para breve, no que acerta por acaso, com a posterior deposição do Imperador e proclamação da República. Artilharia um tanto mais pesada é reservada ao visconde de Ouro Preto. Numa "Crônica política", um certo Desmoulins amplia a ótica do evento e enxerga suas motivações políticas.[4] Sem jamais preocupar-se com o barão, Desmoulins atira direto nos "festejos tolos para satisfazer os caprichos infantis do Imperador" e termina fulminante: "Que política nefasta e inepta está fazendo o gabinete Ouro Preto!" A reclamação com os gastos públicos, que já comparece nesse artigo ácido, será objeto de gracejos com a notinha da *Gazeta Ilustrada* sobre a impressão de dinheiro no Brasil (notas emendadas com novas impressões), que seria "um confronto da nossa indústria com a dos Estados Unidos". No final, proclama Dominó: "Também foi anunciada a conversão de nossa dívida externa de 5% para 4%. É uma economia importante e que faz entrar para o Tesouro uma boa soma. Diabo! onde iremos parar com tanto dinheiro?" Menos irônicas serão as cobranças diretas a respeito dos convites para o Baile da Ilha Fiscal. Afinal, pergunta-se, quem oferece o baile, o visconde ou o governo, isto é, o povo, o próprio Tesouro Nacional? E também se critica a distribuição arbitrária dos convites.

Além dessas críticas políticas e econômicas (afinal reversíveis entre si), o que mais chama atenção do observador de hoje são a crítica, a reclamação e sobretudo os debiques abertos com o excesso dos festejos, que se desencadeiam desde o início, quando, no dia 12, já se faz uma previsão nas "Notas de um simples": "Confio em que o entusiasmo popular saiba dar aos

---

4   Camille Desmoulins (1760-1794), revolucionário francês moderado, adepto de Danton, que criticava, no *Le Vieux Cordelier*, jornal que editou, a política radical de Robespierre e de outros do Comitê de Salvação Pública, na época do Terror. Foi guilhotinado com o grupo de Danton. Não se esclarece a identidade do jornalista brasileiro de fim-de-século que usou este pseudônimo. De qualquer modo, suas virtudes de escritor são evidentes.

nossos amigos do Chile a devida compensação das maçadas solenes que os esperam. (...) A boa fortuna da oficialidade chilena preservou-a de coisa muito pior: o retrato a óleo.". A tecla séria de reclamação dos gastos públicos com que Desmoulins, o cronista, fustiga o governo, tem seu contraponto jocoso na "piedade" manifestada pelos cronistas em relação aos "pobres" chilenos, forçados a agüentar os "almoços, jantares, bailes, recepções, concertos e missas". Até missa? Sim: "Os moços ouviram calados a missa, engoliram-na desde o Intróito até o Ite, bateram nos peitos. Fizeram tudo quanto quer a Santa Madre Igreja que um homem faça quando cruza o portal sagrado". E depois da missa, um concerto clássico: "Isto também não vai a matar, meus senhores. Não sejamos amigos ursos." E finaliza: "Quando chegará a vez do Instituto Histórico?" Como se vê, a "piedade" pelos chilenos vira pretexto para troçar das instituições solenes. Assim como há "um nunca acabar de festas", há também, em igual proporção, um nunca acabar de pena dos chilenos, da parte dos cronistas: "Compadeço-me, afinal, da situação dificílima em que se acham os nossos simpáticos hóspedes, vítimas de um entusiasmo de gratidão e de estima que pode, dando cabo deles, expor-nos às responsabilidades de uma questão internacional", assim se diz nas "Notas de um simples" de 19 de outubro, arrematando-se: "Há, dizem, o amor que mata. Nós temos a amizade que estrompa... Viva o Chile! Mas, com a breca! Não o matemos!..." E, finalmente, chega a vez da visita ao Instituto Histórico. Diz o cronista anônimo: "As sessões do instituto tiram aos estranhos a quem são propinadas todo o amor da existência; invade-os uma invencível melancolia, um desgosto da vida que lhes traz fatalmente o remate da morte... Pois nós levamos os chilenos ao Instituto!"

Para os trocistas, no entanto, estava por vir o mel dos festejos: o Baile da Ilha Fiscal. Certamente o acontecimento não só hipnotizou a população da cidade como a própria imprensa, que lhe dedicou amplo espaço. Há os que tiram proveito humorístico das intrigas e futricas da festa. Há, por exemplo, uma crônica que trata dos objetos perdidos na festa, incluindo-se oito coletes de senhoras. Observação maliciosa do cronista: "Tenho visto senhoras tirarem cavalheiros para a valsa, rosas de bouquet, bombons para as crianças, a sorte grande, o dente, o chapéu, a anquinha... mas o colete... o colete nunca vi..."

Critica-se tudo no baile: a deselegância e a falta de modos dos convidados, os encarregados do serviço, a fatuidade e agressividade da Guarda Nacional, os gastos etc. No dia 11 de novembro, dois dias após o baile, publicam-se duas crônicas bastante agressivas: a primeira, assinada por Omnibus, tendo como foco a Guarda Nacional, e a segunda, de Desmoulins, genericamente demolidora. Omnibus inicialmente anuncia um irônico deslumbramento com a guarda : "Era por toda a parte uma fulguração de penachos ondulantes, brancos e rubros, desafiando o vento do mar. Parecia que um bando de aves fantásticas pousava um momento na ponte, para dar às plumas um banho apoteótico de luz elétrica.". O "deslumbramento" logo dá lugar à revelação de arbitrariedades e violência desta guarda. Ao entrar na barca, a guarda vinha "afogueada e brava". Um moço riu. "Para que riu o moço, Virgem da Bonança? Todos os da guarda, todos, caíram sobre ele, de espada desembainhada, rasparam-lhe a casaca, ensangüentaram-no, deixaram-no quase morto. Bravo! Não pode haver maior heroísmo, não pode haver coragem maior! Muitos contra um (deve ser o lema inscrito nas bandeiras da guarda."[5] Qualquer semelhança com os nossos dias e a arbitrariedade das forças de segurança pública será mera coincidência?

---

5   Ver artigo "Manifestação militar", in *Correio do Povo*, 30.10.89.

Desmoulins, por sua vez, parece até elogiar tudo no início, louvando o "gosto aprimorado", de capricho irrepreensível, observando, no entanto, de passagem: "via-se bem que não houve pena nem escrúpulo de gastar o dinheiro do estado (...) na grandiosa proporção dessa maravilhosa chuva de ouro que inunda e fertiliza todo o país." Logo a seguir, o cronista procede a uma verdadeira desmontagem da festa. Começa, como quem não quer nada, falando dos "penetras" ("deixaram muito bicho careta penetrar naquele recinto"). Quando comenta que nem todos podem freqüentar "um baile de luxo e etiqueta", Desmoulins desvia abruptamente o foco de atenção para o seu verdadeiro alvo, o promotor da festa, o visconde de Ouro Preto, o presidente do conselho, de quem, justamente, partia todo o "mau exemplo". Assim descreve a postura do presidente: "Com a cabeça calculadamente levantada, visivelmente fora do alinhamento, como para mostrar que vive de fronte erguida, envolvia-se no meio da compacta multidão, movendo-se descompassadamente, com gestos desordenados e petulantes, com ar afetado de suficiência (...)". Mais adiante, vê-se o visconde conduzindo pela mão o barão de Drummond, como que "para ver algum animal raro no jardim zoológico". Desmoulins vê o visconde disfarçando a preocupação com acontecimentos recentes, econômicos e políticos, inclusive a fala de Benjamin Constant no Clube Militar, no dia 26, e as reuniões subseqüentes. Até aí o lado que ele considera tragicômico da festa. O outro é puramente cômico: "Andavam a passear pelo salão do buffet alguns marmanjos de chapéu alto na cabeça, como se estivessem n'alguma praça do mercado ou percorrendo a chácara de seu sogro.". A Guarda Nacional, por sua vez, exibia-se "burlescamente ridícula e piramidalmente burlesca!" O cronista descreve a seguir alguns convidados (um conselheiro e deputado, um comendador, o "arqui-simpático genro do arquipoderoso visconde de Ouro Preto" – como se estivesse descrevendo um baile à fantasia, ridicularizando-os como se fossem palhaços involuntários. O "arqui-simpático genro" faz-se "arqui-ridículo" ao vir "fardado de cirurgião da Guarda Nacional") pelos seus fardões e "condecorações até a barriga". Se alguns comentaristas e cronistas se especializam nos venenos e insinuações, outros são mais adeptos do vitríolo. Desmoulins reúne as duas capacidades, a da ironia e do motejo, e a da crítica ácida. Na cobertura do baile houve de tudo, desde os cronistas que o levaram a sério até os ranzinzas com muitas queixas (em geral manifestadas em notas anônimas), e os gozadores e mexeriqueiros (anônimos, com pseudônimos ou apenas as iniciais do nome), antes e depois da festa. Depois do baile os ânimos humorísticos ou críticos arrefecem. Afinal, no meio das danças, passou-se de Império a República, o que terá desnorteado a muitos, inclusive os chilenos. Os oposicionistas de antes ficam, naturalmente, um pouco com falta de assunto. As "festas" não se encerram com a República, longe disso. Mas o assunto fica vazio de intrigas e talvez isso explique a ausência de novas troças, sendo entregue à cobertura convencional dos jornais tradicionais.

Enfim, enquanto durou esse curioso carnaval crítico, reclamou-se do barão de Ladário e do visconde de Ouro Preto, falou-se mal dos gastos do governo, reivindicou-se a presença do povo nas festas, teve-se muita pena e chorou-se junto com os "pobres" chilenos, chiou-se com os convites ao baile, malhou-se a Guarda Nacional, ridicularizou-se o comportamento e a maneira de vestir dos convidados, comentou-se os cochilos de D. Pedro II nos espetáculos etc. etc., tudo isso anonimamente ou com nomes curiosos, tais como Dominó, Flindal, Desmoulins, João Minhoca, Tesoura, Omnibus...

O Baile da Ilha Fiscal foi uma espécie de miragem. Para o crítico-historiador Alexandre Eulálio, que comparou um capítulo de *Esaú e Jacó*, de Machado de Assis, ao painel do *Último baile da Monarquia*, de Aurélio de Figueiredo,⁶ a imagem-miragem da Ilha Fiscal se identifica com o *topos* do "lugar ameno" (*locus amoenus*), uma das categorias da literatura alegórica internacional da época clássica latina à Alta Idade Média, estendendo-se a épocas posteriores.⁷ O certo é que o grande baile, de que a ilha é apenas um índice, foi o sonho de muitos e a realização de uma minoria privilegiada, avaliada em cerca de 3 mil participantes. O evento foi certamente o emblema representativo das "festas", sendo seu ponto culminante. Mas esse lugar é invertido pela crítica (insidiosa ou declarada), senão aos festejos em si, aos seus promotores. Se este "lugar ameno" se torna "desameno", isso não é, no entanto, culpa dos seus críticos; o fato é que, se o baile é uma miragem, que é uma imagem deslocada e um efeito ilusório, ele é também um espelho fiel em que se reflete a sociedade do seu tempo. De "apolítico", o *locus amoenus* se faz politizado. Quem ignora que o chiste é uma grande arma política, só ineficaz nos momentos realmente trágicos ou dramáticos da história? Assim, ele foi uma arma preciosa contra o regime na Monarquia e logo iria recuperar seu lugar na República.

Às vezes essa crítica parecia contraditória (o que seria natural, partindo de fontes diversas), pois ora se criticou o barão de Ladário por reprovar as despesas feitas por Custódio de

---

6   "De um capítulo de *Esaú e Jacó* ao painel do Último Baile", de Alexandre Eulálio, in *Discurso 14* – Revista do Departamento de Filosofia da USP. São Paulo: Polis, 1983. A. Eulálio aproxima a construção do capítulo "Terpsícore", cap. XLVIII do livro de Machado de Assis, da composição alegórica desse painel. O artigo inclui, em apêndices, o próprio capítulo estudado, um capítulo do romance *Fogo fátuo*, de Coelho Neto, e um comentário de Mario Praz, capítulo "L'Ultimo ballo dell'Imperio" do livro *I volti del tempo*, de 1964.

7   O *topos* é estudado em vários exemplos in Ernest Robert Curtius, *Literatura européia e Idade Média latina*, trad. brasileira de Teodoro Cabral / Paulo Rónai, São Paulo: Hucitec/ Edusp, 1996. 3.ª edição.

Melo no Chile, ora se criticou o visconde de Ouro Preto pelos esbanjamentos da festa. Na verdade, a crítica foi ao excesso, tanto de severidade quanto de liberalidade para com o dinheiro público. Entre a contenção mesquinha e o desperdício, assim pareceu dizer essa crítica, deve-se buscar um modo intermediário, o equilíbrio nas despesas. Uma lição que serve não só para a época, como vem até os dias de hoje, em que o assunto está na ordem do dia.

Atentando-se ao quadro referencial da época, vê-se que a mania neoclássica oitocentista é "respondida" pelas extravagâncias decorativas do *art-nouveau*. Do mesmo modo, os comedimentos realístico-naturalísticos terão nas letras sua resposta em estilos emergentes como o decadentista, o penumbrista e o simbolista. Vive-se o fim-do-século, e na Europa o *art-nouveau* e os sonhos de modernidade artística do impressionismo, que logo explodiriam nos movimentos vanguardistas dos começos do século XX (cubismo, futurismo italiano, cubo-futurismo russo, dadaísmo etc.), convivem com um modo de vida hedonista que tem o apelido de Belle Époque. O Brasil, a reboque dos modismos europeus, via França, também parece ansioso para viver essa época, mas anda um pouco atrasado. Cultiva-se ainda um estilo "burguês-solene" ridículo, mesclado a certo sentimentalismo dramático nos espetáculos, exceto na comédia de costumes, e em especial as peças de França Júnior e as de Artur Azevedo, que cortam tudo isso com o chiste e a sátira dos comportamentos sociais e dos lugares-comuns da época. Assim, essa comédia de época, aparentemente de pura diversão, vira uma crítica da linguagem e dos costumes ao mesmo tempo, tanto do academicismo na expressão quanto do conservadorismo nos comportamentos.

É preciso lembrar que a crítica dos costumes sociais e dos comportamentos padronizados não é um fenômeno nem exclusivo do Brasil nem objeto apenas da cobertura satírica de alguns setores da imprensa. A crítica ao burguesismo e às convenções também se localizou na literatura que se pode dizer de alta qualidade estética e de grande eficácia lingüística, podendo-se citar exemplos drásticos como os de Gustave Flaubert, não só em romances tão virulentos como *Madame Bovary* e *L'Éducation sentimentale*, como em monumentos satíricos do tipo de *Bouvard et Pécuchet* ou, ainda, o *Dictionnaire des idées réçues*. Noutros, como em alguns dos melhores momentos satíricos da obra de Dostoiévski, a exemplo das novelas "O sonho de titio" e "O crocodilo", ou das "Notas de inverno sobre impressões de verão", suas impressões de viagem à Europa ocidental, a sátira das atitudes sociais atinge um ponto culminante da decodificação satírica do que se pode denominar de linguagem gestual burguesa.

A linguagem humorística (ou simplesmente crítica, sem rodeios), da imprensa menos oficial e mais dos bastidores, é paralela a tudo isso que abrange, no fim do século, o que se pode chamar de linguagem gestual, e também se afirma como uma crítica da linguagem oficial. Esta linguagem oficial, presente ainda nos artigos sérios durante a época em que se dá o evento das "festas chilenas", é acadêmica em dois sentidos: ou é emplumada e retórica no mau sentido, enfim, uma linguagem do parnasianismo dominante, ou é "poética", exagerando as fumaças do simbolismo, que entre nós se contrapôs ao parnaso.

A linguagem crítica do humor não servia a nenhum desses estilos, no sentido estrito da sua poética. O que não quer dizer, fique isso claro, que alguns dos autores parnasianos ou simbolistas não tenham se servido do humor em certas ocasiões, tal como aconteceu, eventualmente, também com os próprios românticos. Ela, na alta literatura, digamos, se concentra em alguns exemplos de incompatibilidade com os estilos de época, ou seja, o parnasianismo e o simbolismo, sendo Machado de Assis, sem dúvida, o maior representante disso.

Entretanto, a crônica jornalística em suas diversas variantes, opondo-se ao comportamento formal, sério, constrói uma nova ponte com o ficcional, não só com a comédia de costumes, sobretudo a de Artur Azevedo, mas com os maiores críticos sociais da época, entre os quais se destacam o próprio Machado e Lima Barreto. Lendo-se essas crônicas e sueltos supõe-se, em ponto menor, a linguagem do humor, fragmentária e faiscante, dos romances da última fase machadiana. O humor é a contralinguagem da época, desemplumada, direta, uma linguagem-desmontagem dos lugares-comuns, que quer surpreender pelo foco especial em determinados ângulos dos eventos sociais. Quanto aos preciosismos falsamente "poéticos", o humor crítico não tem tempo para isso.

Em relação às "festas chilenas", esses textos trazem a segunda leitura da "des-homenagem". Também a crítica mais implacável, que prefere o ácido aos venenos, se distancia da linguagem oficial, porque não tem, também, tempo a perder. Qualquer uma dessas formas, irônica ou irada, pretende a desmontagem de uma versão da realidade, a do *establishment*, contra a qual se propõe uma contraversão, abertamente oposta ao triunfalismo do poder. Por todas as suas peculiaridades, pela visão despojada que se exprime despudoradamente, e porque realiza deslocamentos não aceitos, termina essa linguagem sendo a mais crítica, por ser uma linguagem de ponta, a mais moderna de sua época.

Sobre o autor

Sebastião Uchoa Leite nasceu em 31 de janeiro de 1935, na cidade de Timbaúba, Pernambuco. Cursou Direito e Filosofia na Universidade do Recife. Em 1965 mudou-se para o Rio de Janeiro. A partir de 1976, além de participar da revista literária *José*, foi responsável pelas edições do FUNDACEN. Desde 1992, trabalhava no Instituto Nacional de Artes Cênicas.

Ao longo de todos estes anos traduziu com afinco e de forma notável: *Poesia* de François Villon, *Crônicas italianas* de Stendhal, *Alice no país das maravilhas* de Lewis Carroll, *Signos em rotação* de Octavio Paz e *Eclipse da razão* de Max Horkheimer. Os dois primeiros renderam-lhe dois prêmios Jabuti de tradução em 2001 e em 1998.

Como poeta reuniu os seus primeiros livros em *Obra em dobras* (Duas Cidades, 1988): *Dez sonetos sem matéria* (1960), *Dez exercícios numa mesa sobre o tempo e o espaço* (1962), *Signos/gnosis e outros* (1970), *Antilogia* (1979), com o qual recebeu o prêmio Jabuti de poesia, *Isso não é aquilo* (1982) e *Cortes e toques* (1988). Aos quais seguiram-se *A uma incógnita* (Iluminuras, 1991), *A ficção vida* (Editora 34, 1993), *A espreita* (Perspectiva, 2000) e *A regra secreta* (Landy, 2002), agraciado com o Prêmio Telecom de Literatura. Faleceu em 27 de novembro de 2003.

© Cosac & Naify, 2003
© Sebastião Uchoa Leite, 2003

Capa RAUL LOUREIRO
Imagem da capa MIRA SCHENDEL, *Trenzinho*, déc. 60.
Foto ROMULO FIALDINI
Projeto gráfico do miolo RODRIGO CERVIÑO LOPEZ
Revisão AUGUSTO MASSI

Dados Internacionais de Catalogação na Publicação (CIP)
(Câmara Brasileira do Livro, SP, Brasil)

Leite, Sebastião Uchoa, 1935-2003
    Crítica de ouvido / Sebastião Uchoa Leite. —
São Paulo : Cosac & Naify, 2003

       inclui 21 ilustrações.
       ISBN 85-7503-274-7

1. Cinema e literatura — História e crítica 2. Crítica literária
3. Poesia — História e crítica 4. Prosa — História e crítica I. Título

03-6506   CDD-801.95

Índices para catálogo sistemático:
1. Ensaios Críticos : Crítica literária 801.95

COSAC & NAIFY
Rua General Jardim, 770, 2º andar
01223-010 São Paulo SP
Tel [55 11] 3218-1444
Fax [55 11] 3257-8164
info@cosacnaify.com.br
www.cosacnaify.com.br

Atendimento ao professor: [55 11] 3218-1466

TIPOLOGIA Kepler MM 11/14
PAPEL pólen soft 80 g/m²
IMPRESSÃO Geográfica
TIRAGEM 3.000